文豪誕生

芥川龍之介

太宰治

織田作之助

坂口安吾

中島敦

江戸川乱歩

谷崎潤一郎

新紀元社

はじめに

文豪たちの最初の一歩

大文豪も最初から文豪だったわけではない。

学生だったり、教師だったり、サラリーマンだったり、無職だったりの人生を歩む一般人だった。

彼らがきっかけをそれぞれ掴み、小説を書き、発表の場をもったのである。それらの作品が話題を呼び、新進作家として注目されるうち、次々と傑作を執筆、発表して次第に認められ「文豪」と呼ばれるまでになる。

本書は、のちに文豪と呼ばれる7人の作家の、「文豪への道」へ踏み出す最初の一歩となった作品を集めたものだ。


彼らが小説家を目指したきっかけ、文壇への登場の仕方はさまざまである。


親に結婚を反対されて断念。その思いを小説にぶつけた芥川龍之介。

その芥川に憧れ、芥川の自殺にショックを受け、生活が乱れる中で書き続けた太宰治。

貧しい環境で育ちながら、エリート学校に入学したものの退学。そして育った地の俗臭に満ちた世界を描くことに道を見いだした織田作之助。

神経衰弱に陥りながら、語学・宗教の学習に打ち込むことで克服。博覧強記（狂気とも）の文学世界を構築した坂口安吾。

女学校教師として教鞭をとりながら緻密で格調高い言語感覚を磨いた中島敦。

転々と職を変えながら、「暇に飽かせて」推理小説の造詣を深めていった江戸川乱歩。

美しい母親を思慕し、女性崇拝という独自の世界観・恋愛観をもとに妖艶な愛の形を描き上げた谷崎潤一郎。

彼らがその才能を世間に初めて発露したのが、本書におさめた作品なのである。

それまでの文壇に類のなかったこれらの作品の斬新さ、面白さが、夏目漱石、島崎藤村、永井荷風ら当時の文壇の権威達を驚かせた。

その面白さは現代でも減じることはない。

本書の作品を読んでいただければ、彼らがなぜ「文豪」と呼ばれるまでになったかが、理解してもらえると信じている。

『文豪誕生』編集部

目次

【凡例】

※本書収録の小説本文は出典により歴史的仮名遣いと現代仮名遣い、漢字の新旧字体が混じり、不統一がまぬかれないので、全体を原則として現行の仮名遣い、新字体に揃えた。ただし、森鷗外など通用の人名などは例外とした。

※本文の送り仮名は原文通りを基本としたが、現代では読みにくい送り方、難読の漢字には振り仮名を補い、読みやすくした。作品名など固有名詞の仮名遣いは改めないこととした。

※長文の手紙やエッセイの引用の中で省略したものには、〔前略〕、〔中略〕、〔後略〕を記した。

※文中〔 〕の中にくくったものは、読みやすさを重視し編集の段階で表記を補った箇所である。

※原則として、書籍・雑誌名は『 』に、作品名は「 」に入れた。

※本書には、現在の観点から見ると差別用語ととられかねない表現が含まれるが、原文の歴史性を考慮してそのままとした。

Ⅰ

芥川龍之介

AKUTAGAWA RYUNOSUKE

デビュー作 老年——1914（大正3）年

出世作 鼻——1916（大正5）年

芥川龍之介

（あくたがわ　りゅうのすけ）

1892（明治25）年、東京生まれ。東京帝国大学在籍中に、菊池寛らとともに第3次『新思潮』を創刊。「杜子春」や「羅生門」など古典を題材にして、そこに近代的解釈を加えた短編を多く生み出したが、晩年の「河童」や「歯車」では自身の陰鬱な精神世界を抽出したような作品が見受けられる。代表作に「芋粥」「藪の中」「地獄変」など。1927（昭和2）年、自宅で大量の睡眠薬を飲み自殺。享年35。

ブレークまでの道のり

失恋の挫折感が執筆の大きな動機に

芥川龍之介は1892（明治25）年、新原敏三とふく夫妻の長男として東京で生まれた。生後間もなく、ふくは精神に変調をきたし、子育てができなくなる。龍之介は母の実家である芥川家に引き取られ、12歳のときに正式な養子になった。

実母ふくは精神を病んだまま亡くなり、龍之介の心に暗い影を落とした。

龍之介は養父母の期待に応えるため勉学に励み、府立第三中学校（現・両国高等学校）に進学。この時期に後に妻となる塚本文《ふみ》に出会う。親友の山本喜誉司の姪で、まだ8歳の少女だった。このときは、可愛い妹のような存在だったかもしれない。龍之介が文を恋愛対象として意識するのは、少し先になる。

1913（大正2）年、龍之介は東京帝国大学（現・東京大学）に入学し、同人誌『新思潮』の再創刊に関わる。翌14年2月に刊行された第3次『新思潮』には、久米正雄、豊島与志雄、山宮允、山本有三、菊池寛、松岡譲、成瀬正一らが名を連ねる。龍之介は当初は翻訳で参加し、5月には初の小説の処女作品「老年」を発表したが、第3次『新思潮』は9月をもって廃刊となってしまう。

龍之介はこのころ幼馴染みの吉田弥生と恋に落ちる。龍之介は弥生との結婚を望むが、芥川家の猛反対にあって断念。弥生は他の男と結婚する。このときの大きな挫折感が龍之介を小説の執筆に打ち込ませたとされる。

翌年4月、龍之介は大学の機関誌『帝国文学』に「ひょっとこ」を発表。11月には「羅生門」を発表した。

「(自分は)悪くこだわった恋愛事件の影響で、独りになると気が沈んだから、その反対になるべく現状とかけ離れた、なるべく愉快な小説が書きたかった」と龍之介は記している(「あの頃の自分の事」)。

そうして書き上げたのが「羅生門」であり、「鼻」だった。

「羅生門」は発表当時には周囲の反響はほぼなかったのだが、次作「鼻」が龍之介の運命の作品となった。

この年の12月ごろから、龍之介は久米正雄らとともに夏目漱石の木曜会に参加、メンバーとなった。この木曜会のメンバーを中心に、第4次『新思潮』が動き出し、翌16年2月の創刊号に、龍之介は「鼻」を発表した。この創刊号を漱石に送ると、龍之介の元に漱石の手紙が届き、「あなたのものは大変面白いと思います〔中略〕ああいうものを二三十並べてご覧なさい　文壇で類を見ない作家になれます」と、漱石に激賞された。自信を深めた龍之介は次々と作品を創作していくことになる。

「鼻」で注目を集めた龍之介は同年9月に商業誌『新青年』に「芋粥」、10月『中央公論』に「手巾」と話題作を次々と発表。24歳の龍之介は気鋭の新進作家としての評価を確かなものとしたのだった。

老年

※1橋場《はしば》の玉川軒《ぎょくせんけん》と云《い》う茶式料理屋で、※2一中節《いっちゅうぶし》の順講※3があった。

朝からどんより曇っていたが、午《ひる》ごろにはとうとう雪になって、あかりがつく時分にはもう、庭の松に張ってある雪よけの縄《なわ》がたるむほどつもっていた。けれども、硝子《ガラス》戸と障子《しょうじ》とで、二重にしめきった部屋の中は、火鉢のほてりで、のぼせるくらいあたたかい。人の悪い中洲《なかず》の大将などは、鉄無地《てつむじ》の羽織に、茶のきんとうしの御召揃《おめしぞろ》いか何かですましている六金《ろっきん》さんをつかまえて、「どうです、一枚脱いじゃあ。黒油《くろあぶら》が流れますぜ。」と、からかったものである。六金さんのほかにも、柳橋《やなぎばし》のが三人、代地《だいち》の待合の女将《おかみ》が一人来ていたが、皆四十を越した人たちばかりで、それに小川の旦那《だんな》や中洲の大将などの御新造《ごしんぞ》や御隠居が六人ばかり、男客は、宇治紫暁《うじしぎょう》と云う、腰の曲った一中の師匠と、素人《しろうと》の旦那衆《だんなしゅ》が七八人、その中の三人は、三座の芝居や山王様の御上覧祭を知っている連中なので、この人たちの間では深川の鳥羽屋の寮であった義太夫《ぎだゆう》の御浚《おざら》いの話しや山城河岸《やましろがし》の津藤《つとう》が催した千社札の会の話しが大分賑やかに出たようであった。

座敷は離れの十五畳で、このうちでは一番、広い間らしい。籠行燈《かごあんどん》の中にともした電燈が所々に丸い影を神代杉《じんだいすぎ》の天井にうつしている。うす暗い床の間には、寒梅と水仙とが古銅の瓶にしおらしく投げ入れてあった。軸は※4太祇《たいぎ》の筆であろう。黄色い芭蕉《ばしょう》布で煤《すす》けた紙の上下《うえした》をたち切った中に、細い字で「赤き実とみてよる鳥や冬椿」とかいてある。小さな青磁の香炉が煙も立てずにひっそりと、紫檀の台にのっているのも冬めかしい。

その前へ毛氈《もうせん》を二枚敷いて、床をかけるかわりにした。鮮やかな緋《ひ》の色が、三味線の皮にも、ひく人の手にも、七宝《しっぽう》に花菱《はなびし》の紋が抉《えぐ》ってある、華奢《きゃしゃ》な桐の見台《けんだい》にも、あたたかく反射しているのである。その床の間の両側へみな、向いあって、すわっていた。上座《じょうざ》は師匠の紫暁《しぎょう》で、次が中洲の大将、それから小川の旦那と順を追って右が殿方、左が婦人方とわかれている。その右の列の末座にすわっているのがこのうちの隠居であった。

隠居は房《ふさ》さんと云って、一昨年、※5本卦《ほんけ》返《がえ》りをした老人である。十五の年から茶屋酒の味をおぼえて、二十五の前厄《まえやく》には、金瓶大黒《きんぺいだいこく》の若太夫と心中沙汰になった事もあると云うが、それから間もなく親ゆずりの玄米《くろごめ》問屋の身上《しんじょう》をすってしまい、器用貧乏と、持ったが病の酒癖とで、※6歌沢の師匠もやれば俳諧の点者《てんじゃ》もやると云う具合に、それからそれへと微禄《びろく》して一しきりは三度のものにも事をかく始末だったが、それでも幸に、僅《わずか》な縁つづきから今ではこの料理屋に引きとられて、楽隠居の身の上になっている。中洲の大将の話では、子供心にも忘れないのは、その頃盛りだった房さんが、神田祭の晩肌守《はだまも》りに「野路《のじ》の村雨《むらさめ》」のゆかたで喉をきかせた時だったと云うが、この頃はめっきり老いこんで、すきな歌沢もめったに謡《うた》わなくなったし、一頃凝った鶯もいつの間にか飼わなくなった。かわりめ毎に覗き覗きした芝居も、成田屋《なりたや》や五代目がなくなってからは、行く張合《はりあい》がなくなったのであろう。今も、黄いろい秩父の対《つい》の着物に茶博多《ちゃはかた》の帯で、末座にすわって聞いているのを見ると、どうしても、一生を放蕩《ほうとう》と遊芸とに費した人とは思われない。中洲の大将や小川の旦那が、「房さん、板新《いたじん》道《みち》の――何とか云った…そうそう八重次お菊。久しぶりであの話でも伺おうじゃありませんか。」などと、話しかけても、「いや、もう、当節はから意気地がなくなりまして。」と、禿頭《はげあたま》をなでながら、小さな体を一層小さくするばかりである。

それでも妙なもので、二段三段ときいてゆくうちに、「黒髪のみだれていまのものおもい」だの、「夜《よ》さこいと云う字を金糸でぬわせ、裾に清十郎とねたところ」だのと云う、なまめいた文句を、二の上った、かげへかげへとまわってゆく三味線の音《ね》につれて、語ってゆく、さびた声が久しく眠っていたこの老人の心を、少しずつ目ざませて行ったのであろう。始めは背をまげて聞いていたのが、いつの間にか腰を真直に体をのばして、六金さんが「浅間《あさま》の上《じょう》」を語り出した時分には、「うらみも恋も、のこり寝の、もしや心のかわりゃせん」と云うあたりから、目をつぶったまま、絃《いと》の音にのるように小さく肩をゆすって、わき眼にも昔の夢を今に見かえしているように思われた。しぶいさびの中に、長唄や清元にきく事の出来ないつやをかくした一中《いっちゅう》の唄と絃とは、幾年となくこの世にすみふるして、すいもあまいも、かみ分けた心の底にも、時ならない情《なさけ》の波を立てさせずには置かないのであろう。

「浅間の上」がきれて「花子」のかけあいがすむと、房さんは「どうぞ、ごゆるり。」と挨拶をして、座をはずした。丁度、その時、御会席で御膳が出たので、暫《しばら》くはいろいろな話で賑やかだったが、中洲の大将は、房さんの年をとったのに、よくよく驚いたと見えて、

「ああも変るものかね、辻番の老爺《おやじ》のようになっちゃあ、房さんもおしまいだ。」

「いつか、あなたがおっしゃったのはあの方？」と六金さんがきくと、

「師匠も知ってるから、きいてごらんなさい。芸事にゃあ、器用なたちでね。歌沢もやれば一中もやる。そうかと思うと、新内《しんない》の流しに出た事もあると云う男なんで。もとはあれでも師匠と同じ宇治の家元へ、稽古に行ったもんでさあ。」

「駒形《こまがた》の、何とか云う一中の師匠――紫蝶ですか――あの女と出来たのもあの頃ですぜ。」と小川の旦那も口を出した。

　房さんの噂はそれからそれへと暫くの間つづいたが、やがて柳橋の老妓の「道成寺」がはじまると共に、座敷はまたもとのように静かになった。これがすむと直ぐ、小川の旦那の「景清」になるので、旦那はちょっと席をはずして、はばかりに立った。実はその序《ついで》に、生玉子でも吸おうと云う腹だったのだが、廊下へ出ると中洲の大将がやはりそっとぬけて来て、

「小川さん、ないしょで一杯やろうじゃあ、ありませんか。あなたの次は私の「鉢の木」だからね。しらふじゃあ、第一腹がすわりませんや。」

「私も生玉子か、冷酒《ひや》で一杯ひっかけようと思っていた所で、御同様に酒の気がないと意気地がありませんからな。」

そこで一緒に小用《こよう》を足して、廊下づたいに母屋の方へまわって来ると、どこかで、ひそひそ話し声がする。長い廊下の一方は硝子障子《ガラスしょうじ》で、庭の刀柏《なぎ》や高野槙《こうやまき》につもった雪がうす青く暮れた間から、暗い大川の流れをへだてて、対岸のともしびが黄いろく点々と数えられる。川の空をちりちりと銀の鋏《はさみ》をつかうように、二声ほど千鳥が鳴いたあとは、三味線の声さえ聞えず戸外《そと》も内外《うち》もしんとなった。きこえるのは、藪柑子《やぶこうじ》の紅い実をうずめる雪の音、雪の上にふる雪の音、八つ手の葉をすべる雪の音が、ミシン針のひびくようにかすかな囁きをかわすばかり、話し声はその中をしのびやかにつづくのである。

「猫の水のむ音でなし。」と小川の旦那が呟《つぶや》いた。足をとめてきいていると声は、どうやら右手の障子の中からするらしい。それは、とぎれ勝ちながら、こう聞えるのである。

「何をすねてるんだってことよ。そう泣いてばかりいちゃあ、仕様ねえわさ。なに、お前さんは紀の国屋の奴さんとわけがある……冗談云っちゃいけねえ。奴のようなばばあをどうするものかな。さましておいて、たんとおあがんなはいだと。さあそうきくから悪いわな。自体、お前と云うものがあるのに、外《ほか》へ女をこしらえてすむ訳のものじゃあねえ。そもそもの馴初《なれそ》めがさ。歌沢の浚いで己《おれ》が「わがもの」を語った。あの時お前が……」

「房的《ふさてき》だぜ。」

「年をとったって、隅へはおけませんや。」小川の旦那もこう云いながら、細目にあいている障子の内を、及び腰にそっと覗きこんだ。二人とも、空想には白粉《おしろい》のにおいがうかんでいたのである。

部屋の中には、電燈が影も落さないばかりに、ぼんやりともっている。三尺の平床《ひらどこ》には、大徳寺物の軸がさびしくかかって、支那水仙であろう、青い芽をつつましくふいた、白交趾《はつコオチン》の水盤がその下に置いてある。床を前に置炬燵《おきごたつ》にあたっているのが房さんで、こっちからは、黒天鵞絨《くろビロウド》の襟のかかっている八丈の小掻巻《こがいまき》をひっかけた後姿が見えるばかりである。

女の姿はどこにもない。紺と白茶と格子になった炬燵蒲団の上には、端唄《はうた》本が二三冊ひろげられて頸に鈴をさげた小さな白猫がその側に香箱《こうばこ》をつくっている。猫が身うごきをするたびに、頸の鈴がきこえるか、きこえぬかわからぬほどかすかな音をたてる。房さんは禿頭を柔らかな猫の毛に触れるばかりに近づけて、ひとり、なまめいた語《ことば》を誰に云うともなく繰り返しているのである。

「その時にお前が来てよ。ああまで語った己《おれ》が憎いと云った。芸事と……」

中洲の大将と小川の旦那とは黙って、顔を見合せた。そして、長い廊下をしのび足で、また座敷へ引きかえした。

雪はやむけしきもない。……

※1 現在の東京都台東区橋場。　※2 古浄瑠璃の一派。　※3 おさらい会。　※4 江戸中期の俳人・炭太祇。　※5 還暦（数え年の61歳）のこと。　※6 端唄から発展した俗曲の一派。

鼻

禅智《ぜんち》内供《※1ないぐ》の鼻と云えば、池《※2いけ》の尾《お》で知らない者はない。長さは五六寸あって上唇《うわくちびる》の上から顋《あご》の下まで下っている。形は元も先も同じように太い。云わば細長い腸詰《ちょうづ》めのような物が、ぶらりと顔のまん中からぶら下っているのである。

五十歳を越えた内供は、沙弥《※3しゃみ》の昔から、内道場供奉《※4ないどうじょうぐぶ》の職に陞《のぼ》った今日《こんにち》まで、内心では始終この鼻を苦に病んで来た。勿論《もちろん》表面では、今でもさほど気にならないような顔をしてすましている。これは専念に当来《※5とうらい》の浄土《じょうど》を渇仰《かつぎょう》すべき僧侶《そうりょ》の身で、鼻の心配をするのが悪いと思ったからばかりではない。それよりむしろ、自分で鼻を気にしていると云う事を、人に知られるのが嫌だったからである。内供は日常の談話の中に、鼻と云う語が出て来るのを何よりも惧《おそ》れていた。

内供が鼻を持てあました理由は二つある。――一つは実際的に、鼻の長いのが不便だったからである。第一飯を食う時にも独りでは食えない。独りで食えば、鼻の先が鋺《かなまり》の中の飯へとどいてしまう。そこで内供は弟子の一人を膳の向うへ坐らせて、飯を食う間中、広さ一寸長さ二尺ばかりの板で、鼻を持上げていて貰う事にした。しかしこうして飯を食うと云う事は、持上げている弟子にとっても、持上げられている内供にとっても、決して容易な事ではない。一度この弟子の代りをした中童子《ちゅうどうじ》が、嚔《くさめ》をした拍子に手がふるえて、鼻を粥《かゆ》の中へ落した話は、当時京都まで喧伝《けんでん》された。――けれどもこれは内供にとって、決して鼻を苦に病んだ重《おも》な理由ではない。内供は実にこの鼻によって傷つけられる自尊心のために苦しんだのである。

池の尾の町の者は、こう云う鼻をしている禅智内供のために、内供の俗でない事を仕合せだと云った。あの鼻では誰も妻になる女があるまいと思ったからである。中にはまた、あの鼻だから出家《しゅっけ》したのだろうと批評する者さえあった。しかし内供は、自分が僧であるために、幾分でもこの鼻に煩《わずらわ》される事が少《すくな》くなったと思っていない。内供の自尊心は、妻帯と云うような結果的な事実に左右されるためには、余りにデリケイトに出来ていたのである。そこで内供は、積極的にも消極的にも、この自尊心の毀損《きそん》を恢復《かいふく》しようと試みた。

第一に内供の考えたのは、この長い鼻を実際以上に短く見せる方法である。これは人のいない時に、鏡へ向って、いろいろな角度から顔を映しながら、熱心に工夫《くふう》を凝《こ》らして見た。どうかすると、顔の位置を換えるだけでは、安心が出来なくなって、頬杖《ほおづえ》をついたり頤《あご》の先へ指をあてがったりして、根気よく鏡を覗いて見る事もあった。しかし自分でも満足するほど、鼻が短く見えた事は、これまでにただの一度もない。時によると、苦心すればするほど、かえって長く見えるような気さえした。内供は、こう云う時には、鏡を箱へしまいながら、今更のようにため息をついて、不承不承にまた元の経机《きょうづくえ》へ、観音経《かんのんぎょう》をよみに帰るのである。

それからまた内供は、絶えず人の鼻を気にしていた。池の尾の寺は、僧供講説《そうぐこうせつ》などのしばしば行われる寺である。寺の内には、僧坊が隙なく建て続いて、湯屋では寺の僧が日毎に湯を沸かしている。従ってここへ出入する僧俗の類《たぐい》も甚だ多い。内供はこう云う人々の顔を根気よく物色した。一人でも自分のような鼻のある人間を見つけて、安心がしたかったからである。だから内供の眼には、紺の水干《すいかん》も白の帷子《かたびら》もはいらない。まして柑子《こうじ》色《いろ》の帽子や、椎鈍《しいにび》の法衣《ころも》なぞは、見慣れているだけに、有れども無きが如くである。内供は人を見ずに、ただ、鼻を見た。――しかし鍵鼻《かぎばな》はあっても、内供のような鼻は一つも見当らない。その見当らない事が度重なるに従って、内供の心は次第にまた不快になった。内供が人と話しながら、思わずぶらりと下っている鼻の先をつまんで見て、年甲斐《としがい》もなく顔を赤らめたのは、全くこの不快に動かされての所為《しょい》である。

最後に、内供は、内典外典《ないてんげてん》の中に、自分と同じような鼻のある人物を見出して、せめても幾分の心やりにしようとさえ思った事がある。けれども、目連《もくれん》や、舎利弗《しゃりほつ》の鼻が長かったとは、どの経文にも書いてない。勿論竜樹《りゅうじゅ》や馬鳴《めみょう》も、人並の鼻を備えた菩薩《ぼさつ》である。内供は、※6震旦《しんたん》の話の序《ついで》に蜀漢《しょくかん》の劉《りゅう》玄徳《げんとく》の耳が長かったと云う事を聞いた時に、それが鼻だったら、どのくらい自分は心細くなるだろうと思った。

内供がこう云う消極的な苦心をしながらも、一方ではまた、積極的に鼻の短くなる方法を試みた事は、わざわざここに云うまでもない。内供はこの方面でもほとんど出来るだけの事をした。烏瓜《からすうり》を煎《せん》じて飲んで見た事もある。鼠の尿《いばり》を鼻へなすって見た事もある。しかし何をどうしても、鼻は依然として、五六寸の長さをぶらりと唇の上にぶら下げているではないか。

所がある年の秋、内供の用を兼ねて、京へ上った弟子《でし》の僧が、知己《しるべ》の医者から長い鼻を短くする法を教わって来た。その医者と云うのは、もと震旦《しんたん》から渡って来た男で、当時は長楽寺《ちょうらくじ》の供僧《ぐそう》になっていたのである。

内供は、いつものように、鼻などは気にかけないと云う風をして、わざとその法もすぐにやって見ようとは云わずにいた。そうして一方では、気軽な口調で、食事の度毎《たびごと》に、弟子の手数をかけるのが、心苦しいと云うような事を云った。内心では勿論弟子の僧が、自分を説伏《ときふ》せて、この法を試みさせるのを待っていたのである。弟子の僧にも、内供のこの策略がわからない筈はない。しかしそれに対する反感よりは、内供のそう云う策略をとる心もちの方が、より強くこの弟子の僧の同情を動かしたのであろう。弟子の僧は、内供の予期通り、口を極めて、この法を試みる事を勧め出した。そうして、内供自身もまた、その予期通り、結局この熱心な勧告に聴従《ちょうじゅう》する事になった。

その法と云うのは、ただ、湯で鼻を茹《ゆ》で、その鼻を人に踏ませると云う、極めて簡単なものであった。

湯は寺の湯屋で、毎日沸かしている。そこで弟子の僧は、指も入れられないような熱い湯を、すぐに提《ひさげ》に入れて、湯屋から汲んで来た。しかしじかにこの提へ鼻を入れるとなると、湯気に吹かれて顔を火傷《やけど》する惧《おそれ》がある。そこで折敷《おしき》へ穴をあけて、それを提の蓋《ふた》にして、その穴から鼻を湯の中へ入れる事にした。鼻だけはこの熱い湯の中へ浸《ひた》しても、少しも熱くないのである。しばらくすると弟子の僧が云った。

――もう茹《ゆだ》った時分でござろう。

内供は苦笑した。これだけ聞いたのでは、誰も鼻の話とは気がつかないだろうと思ったからである。鼻は熱湯に蒸《む》されて、蚤《のみ》の食ったようにむず痒《がゆ》い。

弟子の僧は、内供が折敷の穴から鼻をぬくと、そのまだ湯気の立っている鼻を、両足に力を入れながら、踏みはじめた。内供は横になって、鼻を床板の上へのばしながら、弟子の僧の足が上下《うえした》に動くのを眼の前に見ているのである。弟子の僧は、時々気の毒そうな顔をして、内供の禿《は》げ頭を見下しながら、こんな事を云った。

――痛うはござらぬかな。医師は責《せ》めて踏めと申したで。じゃが、痛うはござらぬかな。

内供は首を振って、痛くないと云う意味を示そうとした。所が鼻を踏まれているので思うように首が動かない。そこで、上眼《うわめ》を使って、弟子の僧の足に皹《あかぎれ》のきれているのを眺めながら、腹を立てたような声で、

――痛うはないて。

と答えた。実際鼻はむず痒い所を踏まれるので、痛いよりもかえって気もちのいいくらいだったのである。

しばらく踏んでいると、やがて、粟粒《あわつぶ》のようなものが、鼻へ出来はじめた。云わば毛をむしった小鳥をそっくり丸炙《まるやき》にしたような形である。弟子の僧はこれを見ると、足を止めて独り言のようにこ

う云った。

――これを鑷子《けぬき》でぬけと申す事でござった。

内供は、不足らしく頬をふくらせて、黙って弟子の僧のするなりに任せて置いた。勿論弟子の僧の親切がわからない訳ではない。それは分っても、自分の鼻をまるで物品のように取扱うのが、不愉快に思われたからである。内供は、信用しない医者の手術をうける患者のような顔をして、不承不承に弟子の僧が、鼻の毛穴から鑷子《けぬき》で脂《あぶら》をとるのを眺めていた。脂は、鳥の羽の茎《くき》のような形をして、四分ばかりの長さにぬけるのである。

やがてこれが一通りすむと、弟子の僧は、ほっと一息ついたような顔をして、

――もう一度、これを茹でればようござる。

と云った。

内供はやはり、八の字をよせたまま不服らしい顔をして、弟子の僧の云うなりになっていた。

さて二度目に茹でた鼻を出して見ると、成程、いつになく短くなっている。これではあたりまえの鍵鼻と大した変りはない。内供はその短くなった鼻を撫《な》でながら、弟子の僧の出してくれる鏡を、極《きま》りが悪るそうにおずおず覗《のぞ》いて見た。

鼻は――あの顋《あご》の下まで下っていた鼻は、ほとんど嘘のように萎縮して、今は僅《わずか》に上唇の上で意気地なく残喘《ざんぜん》を保っている。所々まだらに赤くなっているのは、恐らく踏まれた時の痕《あと》であろう。こうなれば、もう誰も哂《わら》うものはないにちがいない。――鏡の中にある内供の顔は、鏡の外にある内供

の顔を見て、満足そうに眼をしばたたいた。

しかし、その日はまだ一日、鼻がまた長くなりはしないかと云う不安があった。そこで内供は誦《ず》経《ぎょう》する時にも、食事をする時にも、暇さえあれば手を出して、そっと鼻の先にさわって見た。が、鼻は行儀《ぎょうぎ》よく唇の上に納まっているだけで、格別それより下へぶら下って来る景色もない。それから一晩寝てあくる日早く眼がさめると内供はまず、第一に、自分の鼻を撫でて見た。鼻は依然として短い。内供はそこで、幾年にもなく、法華経《ほけきょう》書写の功を積んだ時のような、のびのびした気分になった。

所が二三日たつ中に、内供は意外な事実を発見した。それは折から、用事があって、池の尾の寺を訪れた侍《さむらい》が、前よりも一層可笑《おか》しそうな顔をして、話も碌々《ろくろく》せずに、じろじろ内供の鼻ばかり眺めていた事である。それのみならず、かつて、内供の鼻を粥《かゆ》の中へ落した事のある中童子《ちゅうどうじ》などは、講堂の外で内供と行きちがった時に、始めは、下を向いて可笑《おか》しさをこらえていたが、とうとうこらえ兼ねたと見えて、一度にふっと吹き出してしまった。用を云いつかった下法師《しもほうし》たちが、面と向っている間だけは、慎《つつし》んで聞いていても、内供が後《うしろ》さえ向けば、すぐにくすくす笑い出したのは、一度や二度の事ではない。

内供ははじめ、これを自分の顔がわりがしたせいだと解釈した。しかしどうもこの解釈だけでは十分に説明がつかないようである。――勿論、中童子や下法師が哂《わら》う原因は、そこにあるのにちがいない。けれども同じ哂うにしても、鼻の長かった昔とは、哂うのにどことなく容子《ようす》がちがう。見慣れた長い鼻より、見慣れない短い鼻の方が滑稽《こっけい》に見えると云えば、それまでである。が、そこにはまだ何かあるらしい。

――前にはあのようにつけつけとは哂わなんだて。

内供は、誦《ず》しかけた経文をやめて、禿《は》げ頭を傾けながら、時々こう呟《つぶや》く事があった。愛すべき内供は、そう云う時になると、必ずぼんやり、傍《かたわら》にかけた普賢《ふげん》の画像を眺めながら、鼻の長かった四五日前の事を憶《おも》い出して、「今はむげにいやしくなりさがれる人の、さかえたる昔をしのぶがごとく」ふさぎこんでしまうのである。――内供には、遺憾《いかん》ながらこの問に答を与える明が欠けていた。

――人間の心には互に矛盾《むじゅん》した二つの感情がある。勿論、誰でも他人の不幸に同情しない者はない。所がその人がその不幸を、どうにかして切りぬける事が出来ると、今度はこっちで何となく物足りないような心もちがする。少し誇張して云えば、もう一度その人を、同じ不幸に陥《おとしい》れて見たいような気にさえなる。そうしていつの間にか、消極的ではあるが、ある敵意をその人に対して抱くような事になる。――内供が、理由を知らないながらも、何となく不快に思ったのは、池の尾の僧俗の態度に、この傍観者の利己主義をそれとなく感づいたからにほかならない。

そこで内供は日毎に機嫌《きげん》が悪くなった。二言目には、誰でも意地悪く叱《しか》りつける。しまいには鼻の療治《りょうじ》をしたあの弟子の僧でさえ、「内供は※7法慳貪《ほうけんどん》の罪を受けられるぞ」と陰口をきくほどになった。殊に内供を怒らせたのは、例の悪戯《いたずら》な中童子である。ある日、けたたましく犬の吠《ほ》える声がするので、内供が何気なく外へ出て見ると、中童子は、二尺ばかりの木の片《きれ》をふりまわして、毛の長い、痩《や》せた尨犬《むくいぬ》を逐《お》いまわしている。それもただ、逐いまわしているのではない。「鼻を打たれまい。それ、鼻を打たれまい」と囃《はや》しながら、逐いまわしているのである。内供は、中童子の手からその木の片をひったくって、したたかその顔を打った。木の片は以前の鼻持《はなも》上《た》げの木だったのである。

内供はなまじいに、鼻の短くなったのが、かえって恨《うら》めしくなった。

するとある夜の事である。日が暮れてから急に風が出たと見えて、塔の風鐸《ふうたく》の鳴る音が、うるさいほど枕に通《かよ》って来た。その上、寒さもめっきり加わったので、老年の内供は寝つこうとしても寝つかれない。そこで床の中でまじまじしていると、ふと鼻がいつになく、むず痒《がゆ》いのに気がついた。手をあてて見ると少し水気《すいき》が来たようにむくんでいる。どうやらそこだけ、熱さえもあるらしい。

――無理に短うしたで、病が起ったのかも知れぬ。

内供は、仏前に香花《こうげ》を供《そな》えるような恭《うやうや》しい手つきで、鼻を抑えながら、こう呟いた。

翌朝、内供がいつものように早く眼をさまして見ると、寺内の銀杏《いちょう》や橡《とち》が一晩の中に葉を落したので、庭は黄金《きん》を敷いたように明るい。塔の屋根には霜が下りているせいであろう。まだうすい朝日に、九輪《くりん》がまばゆく光っている。禅智内供は、蔀《しとみ》を上げた縁に立って、深く息をすいこんだ。

ほとんど、忘れようとしていたある感覚が、再び内供に帰って来たのはこの時である。

内供は慌てて鼻へ手をやった。手にさわるものは、昨夜《ゆうべ》の短い鼻ではない。上唇の上から顋《あご》の下まで、五六寸あまりもぶら下っている、昔の長い鼻である。内供は鼻が一夜の中に、また元の通り長くなったのを知った。そうしてそれと同時に、鼻が短くなった時と同じような、はればれした心もちが、どこからともなく帰って来るのを感じた。

——こうなれば、もう誰も嗤《わら》うものはないにちがいない。

内供は心の中でこう自分に囁《ささや》いた。長い鼻をあけ方の秋風にぶらつかせながら。

※1 内供奉僧の略。宮中の内道場で天皇のために読経する僧。 ※2 現在の京都府宇治市内の地名。 ※3 修行の浅い未熟な僧。 ※4 宮中の修行場。 ※5 来たるべき世、来世のこと。 ※6 古代中国の異称。 ※7 慳貪はケチで欲張りの意。仏の教えをひとり占めして、他に教えないこと。

キャラクターファイル —— 文豪読み解きミニ事典 —— 芥川龍之介

直筆原稿

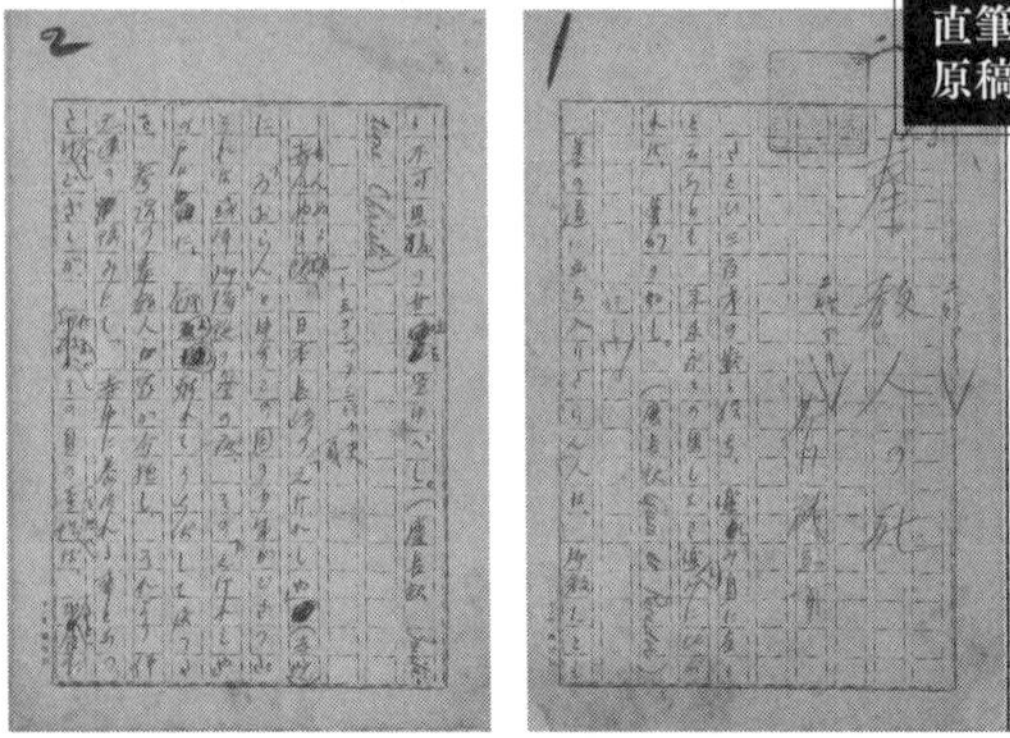

「奉教人の死」

大正7（1918）年 大正7（1918）年9月発行の『三田文学』に掲載。芥川の歴史小説の代表作で、キリシタンものの系列の1つ（国立国会図書館所蔵）

生の声

デビュー当時の心境・状況

〔出世作「鼻」や「羅生門」は本来の自分の姿のままに生きられず、絶えず世間に動かされ、心の安まる暇もない人間の悲哀を描いた作品とされる。作品執筆当時に後の妻・文《ふみ》にあてた手紙には人間は自然のままに生きるのが大切という人間観が記されている〕

1916（大正5）年月日不明〈塚本文宛て書簡〉

文ちゃん

少し見ないうちに又背が高くなりましたね。そうして少し肥りましたね。どんどん大きくおなりなさい。やせたがりなんぞしてはいけません。体はそう大きくなっても心もちはいつでも子供のようでいらっしゃい。自然のままのやさしい心もちでいらっしゃい。世間の人のように小さく利巧になってはいけません。××××のようになってはいけません。あれではいくら利巧でも駄目です。ほんとうの生まれたままの正直な所がないからいけません。あれの持っているのはひねくれたこましゃくれた利巧です。あんなになってはいけません。すなおなまっすぐな心を失わずに今のままでどんどんおそだちなさい。

それはむづかしい事でも何でもありません。何時までも今のままでいらっしゃいという事です。何時までも今のような心もちでいる事が人間として一番名誉な事だという事です。私は今のままの文ちゃんがすきなのです。今のままの文ちゃんなら誰にくらべてもまけないと思うのです。

トピック❶ 龍之介の家庭事情

１８９２（明治25）年3月1日に、新原敏三とフクの長男として生まれたが、母が精神に異常を来し、フクの実家である芥川家に預けられる。フクの発病後、敏三は手伝いに来ていたフクの実妹芥川フユとの間に子供（龍之介６歳の時）を作ってしまい、フユは後妻として入籍することに。一方、龍之介は12歳の時に芥川家の養子となる。こうした幼少時の家庭事情が龍之介の人生に影を落としたと言われている。

ちなみに、実父の敏三は、実業家・渋沢栄一が経営する牛乳販売業・耕牧舎の支配人。芥川家は代々江戸幕府に仕えた名家で、文学好きな環境は芥川家からもたらされたようだ。

トピック❷ 夏目漱石門下生

龍之介が久米正雄とともに夏目漱石のもとを訪ねたのは１９１５（大正４）年11月のこと。当時、弟子たちは漱石の創作活動を邪魔しないように毎週木曜日午後3時以降に集まっていたため、「木曜会」と呼ばれるようになった。龍之介もこの集まりに参加するようになった。漱石門下生からは森田草平、鈴木三重吉、小宮豊隆、和辻哲郎ら、当時の文壇における新進・中堅作家を輩出。龍之介は彼らと交流を深めた。

　漱石邸での様子は、龍之介のエッセイ「コレラ」「漱石先生お褒めの手紙」「夏目先生と滝田さん」「夏目先生」、講演「漱石先生の話」などに詳しい。

トピック❸ 龍之介の初恋と結婚

　龍之介の初恋は、前述のように東京帝国大学英文学科在学中に、幼馴染みの吉田弥生に縁談の話があるのを知ると、弥生に対し恋心があることを悟る。そして、弥生に自ら求愛するが親に反対され失敗。失恋の痛手を紛らわせるために吉原（遊郭）にも出入りし、吉原を題材にした短歌も残している。その後1918（大正7）年に、中学時代の友人・山本喜誉司の姪・塚本文と結婚、3人の子宝にも恵まれた。

トピック❹ 龍之介の不倫

　幸せそうに見えた龍之介だが、結婚の翌年には歌人の秀しげ子と不倫をスタートしたとされる。だが、ほどなくしてしげ子の本性を知り、以降はしげ子は龍之介の悩みの種になってしまう。『或阿呆の一生』に登場する「狂人の娘」、『歯車』の「復讐の神」は彼女をモデルにしたと言われている。

　その後も、年上の未亡人松村みね子に恋心を抱いたり、文の友人平松麻素子と帝国ホテルで心中事件を起こすなど、恋多き作家であったことが知られている。

トピック❺ 龍之介の子どもたち

　龍之介には息子が3人いる。長男の比呂志は俳優、二男の多加志は、第2次世界大戦中にビルマで戦死、三男の也寸志は作曲家になった。生前の龍之介は、「子どもたちを芸術家だけにはするな」と文に言っていたというが、3人の内2人は芸術分野に進んだことになる。

　比呂志は、慶應技術大学在学中に演劇を始め、戦後、文学座に加入し、俳優や演出家としても活躍した。

　也寸志は、東京音楽学校（現東京藝術大学）を卒業後、作曲家としてだけではなく、交響楽団の設立や音楽著作権保護活動などでも活躍、テレビやラジオのパーソナリティとしても活動した。サントリー音楽財団により創設された「芥川作曲賞」は、也寸志の功績を讃えたものだ。

　ちなみに、比呂志は友人・菊池寛の「寛」に、多加志は小穴隆一の「隆」に、也寸志は恒藤恭の「恭」に、それぞれあやかって付けたとされる。

トピック❻ 自殺

　晩年の龍之介は、神経衰弱、痔疾、胃アトニーに悩まされる。特に神経衰弱による不眠症はひどく、睡眠薬を多用するようになった。

　ちなみに、現代では神経衰弱という病名はなく、うつ病、パニック障害、自律神経失調症などが該当する。

　そんな龍之介を責め立てるように事件が勃発する。

　１９２５（大正14）年には、龍之介が編集に関わった『日本文芸読本』で、龍之介が暴利を得たと悪評が立つ。

　さらに、１９２７（昭和2）年には、龍之介の姉が嫁いだ家でボヤが出て、夫に放火と保険金詐欺の嫌疑が掛けられ、当人がそれを苦に自殺してしまう。龍之介はその処理に忙殺される。前述の平松麻素子との心中事件もこの年の4月のことだ。

　7月24日未明、龍之介は『続西方の人』を書き上げたあと、睡眠薬を飲んで自殺した。飲んだ薬は青酸カリだとする説もある。享年35。墓は、東京都豊島区巣鴨の慈眼寺にある。

トピック❼ 命日は河童忌

　龍之介が自殺した7月24日は、龍之介が生前自画像として好んで河童の絵を描き、短編小説「河童」を書いていることにちなみ、「河童忌」と呼ばれる。短編小説「河童」では、精神病に悩む主人公が河童の国に迷い込み、人間の社会とはあまりにもかけ離れた河童の世界の常識に驚きながら、人間社会を風刺する話だ。

1927（昭和2）年7月24日、龍之介は田端の自宅で自死、35歳で生涯を閉じている。翌年の命日に、親しい友人たちが、芥川家からほど近い、会席料理屋「天然自笑軒」で偲ぶ会「河童忌」を開催。この会は、昭和18年まで毎年続けられた。

東京都北区にある田端文士村記念館では毎年、河童忌に記念イベントを開催している。

聖地巡礼❶ 龍之介生誕の地

芥川龍之介は、東京市京橋区入船町（現東京都中央区明石町）にあった「耕牧舎」という牛乳販売会社の支配人新原敏三の長男として生まれた。現在は、聖路加国際大学の北側に中央区教育委員会による「芥川龍之介生誕の地」の説明板がある。

龍之介は、江東尋常高等小学校（現在の墨田区立両国小学校）と府立第三中学校（現在の東京都立両国高校）に学び、その後、東京帝国大学に進む。両国小学校と両国高校には龍之介を記念した文学碑がある。

墨田区立両国小学校前にある文学碑（Photolibrary）

聖地巡礼❷ 田端文士村記念館

東京都北区田端駅周辺には、明治30年代に画家や彫刻家などが移り住み、大正に入ると、芥川龍之介を始め、室生犀星、萩原朔太郎、菊池寛、堀辰雄などの小説家・詩人が集まり、文士村の様相を呈したという。これを記念して作られたのが本記念館。文士・芸術家の作品、原稿、書簡等の資料を展示し、散策会や講演会などの催しを開催している。

芥川龍之介については、田端で暮らした家を30分の1のスケールで再現した模型、直筆原稿などの展示が行われている。

アクセス 東京都北区田端6－1－2
https://kitabunka.or.jp/tabata/

「芥川龍之介 田端の家 復元模型」（30分の1スケール）。下は庭の木に登っている龍之介の人形（田端文士村記念館提供）

聖地巡礼③ 龍之介旧居跡

芥川家は、1914（大正3）年10月に、北豊島郡滝野川町字田端435番地（現在の東京都北区田端1－20）の新築家屋へ転居した。龍之介は当時、東京帝国大学の学生で、この地から大学に通い、「老年」「羅生門」「鼻」などの作品をここで執筆している。龍之介はその後、鵠沼などに一時転居しているが、亡くなるまでのほとんどの時間を田端で過ごした。

北区は、２０１８（平成30）年に旧居跡地の約半分を購入し、２０２３（令和５）年オープンに向けて、芥川龍之介記念館の建設を計画中だ。

聖地巡礼❹ 芥川龍之介墓所

龍之介の墓所は、東京都豊島区巣鴨の慈眼寺にある。日蓮宗の寺院で、境内には龍之介の墓のほか、龍之介と激しい論戦を繰り広げた谷崎潤一郎の墓もある。

龍之介の墓石は、正四角柱で、上部には家紋の桐紋が刻印され、名前は龍之介の親友で、洋画家で俳人の小穴隆一によるもの。龍之介の遺言により、愛用していた座布団と、同じ形・寸法で作られていると言われている。

龍之介の墓石（a_text/PIXTA）

II

DAZAI OSAMU

太宰治

デビュー作　列車——1933（昭和8）年

出世作　逆行——1935（昭和10）年

太宰治

（だざい　おさむ）

本名：津島修治。１９０９（明治42）年、青森県生まれ。東京帝国大学在籍中に「列車」を発表。第一回芥川賞で「逆行」が候補に挙がるが落選。病気や薬物中毒による不安定な生活の苦悩を描く私小説的作品が多いが、「富嶽百景」「走れメロス」などの短編、『人間失格』『津軽』などの長編で知られる。戦後に発表した『斜陽』がベストセラーになる。１９４８年（昭和23年）、愛人の山崎富栄と入水。享年38。

薬物の常用で体を侵されながらの執筆活動

ブレークまでの道のり

太宰治（本名：津島修治）は1909（明治42）年、青森県北津軽郡の商人地主津島家の六男として誕生した。父・津島源右衛門はこの地第一の権力者で、家は約600坪、使用人などを含め常時30名余りが暮らすという豪邸だった。

中学時代から文学に親しみ、同人誌を立ち上げた太宰は「辻島衆二」のペンネームで毎号作品を発表した。1927年（昭和2）年、官立弘前高校に進学後、芥川龍之介の講演を聴いた太宰は芥川に強い憧れを抱く。しかし、そのわずか2か月後、芥川は自殺してしまう。この芥川の自殺がその後の太宰の精神に大きな暗い影を落としたとされる。

芥川の自殺からほどなく、太宰の花柳界通いが始まる。ここから太宰の学業成績は急降下する。芸妓の紅子（小山初代）との交情、左翼運動への接近、沈静催眠剤「カルモチン」の常用などで生活は荒れ、1929（昭和4）年12月、期末試験を前に「カルモチン」の大量摂取で昏睡状態におちいる（いわゆる第1回自殺未遂事件）。

そんな状況下でも、翌年にはなんとか東京帝国大学（現・東京大学）文学部フランス文学科に入学。上京した太宰は作家の井伏鱒二を訪ね、入門を果たす。しかしこの年、銀座のバーの女給とカルモチンで心中をはかり太宰は生き残ったが女給を死なせてしまう。これは小山初代との結婚を親族が許す条件としてあげた、分家除籍（義絶）などの厳しい仕打ちに憤ったあげくの行動とみられている。

1931（昭和6）年2月に初代との結婚生活をはじめた太宰は「思ひ出」を脱稿。太宰本人は処女作と語るが、同人誌『海豹』での発表は昭和8年3月。それに先立って2月19日付けの新聞『東奥日報』日曜版に、懸賞小説に応募した作品「列車」が掲載されたため、一般的にはこの「列車」が文壇デビュー作とされる。太宰治のペンネームで発表した最初の作品でもある。

同人活動を通じて檀一雄、中原中也らと交流を深めた太宰は次々と小説を発表。1935（昭和10）年の『文芸』2月号には「逆行」を発表したが、この作品が第1回芥川賞（正式名：芥川龍之介賞）の候補作となった。太宰が憧れた文豪芥川龍之介にちなんで作られた純文学新人賞だけに、太宰は喜び受章を懇願した。しかし、「逆行」は次席に終わる（第1回受賞作は石川達三の「蒼氓」）。

このとき川端康成の選評に「私見に寄れば作者目下の生活に嫌な雲ありて才能の素直に発せざる憾《うら》みあった」との一文があった。当時、鎮痛剤のパビナール中毒で奇行が多かったことを指摘されたと感じ、激怒した太宰は雑誌『文芸通信』に反論文を掲載した。「小鳥を飼い、舞踏を見るのがそんなに立派な生活なのか」と「芸術派」と呼ばれた川端をなじった。これに対し川端は同誌次号で芥川賞選考に関する太宰の誤解をたしなめつつ、自身の「暴言」を率直にわびた。

太宰は芥川賞受賞は逃したものの、翌年、「逆行」を含む念願の第1作品集『晩年』の刊行を果たし、以降パビナール中毒に侵されながらも、死ぬまで話題作を発表し続けた。

列車

一九二五年に梅鉢工場という所でこしらえられたC五一型のその機関車は、同じ工場で同じころ製作された三等客車三輛《りょう》と、食堂車、二等客車、二等寝台車、各々一輛ずつと、ほかに郵便やら荷物やらの貨車三輛と、都合九つの箱に、ざっと二百名からの旅客と十万を越える通信とそれにまつわる幾多の胸痛む物語とを載せ、雨の日も風の日も午後の二時半になれば、ピストンをはためかせて上野から青森へ向けて走った。時に依《よ》って万歳の叫喚《きょうかん》で送られたり、手巾《ハンカチ》で名残を惜まれたり、または嗚咽《おえつ》でもって不吉な餞《はなむけ》を受けるのである。列車番号は一〇三。

番号からして気持が悪い。一九二五年からいままで、八年も経っているが、その間にこの列車は幾万人の愛情を引き裂いたことか。げんに私が此の列車のため、ひどくからい目に遭わされた。つい昨年の冬、汐田《しおた》がテツさんを国元へ送りかえした時のことである。

テツさんと汐田とは同じ郷里で幼いときからの仲らしく、私も汐田と高等学校の寮でひとつ室に寝起していた関係から、折にふれてはこの恋愛を物語られた。テツさんは貧しい育ちの娘であるから、少々内福な汐田の家では二人の結婚は不承知であって、それゆえ汐田は彼の父親と、いくたびとなく烈《はげ》しい口論をした。その最初の喧嘩《けんか》の際、汐田は卒倒せん許《ばか》りに興奮して、しまいに、滴々《たらたら》と鼻血を流したのであるが、そのような愚直な挿話《そうわ》さえ、年若い私の胸を異様に轟《とどろ》かせたものだ。

　そのうちに私も汐田も高等学校を出て、一緒に東京の大学へはいった。それから三年経っている。この期間は、私にとっては困難なとしつきであったけれども、汐田にはそんなことがなかったらしく、毎日をのうのうと暮していたようであった。私の最初間借していた家が大学のじき近くにあったので、汐田は入学当時こそほんの二三回そこへ寄って呉《く》れたが、環境も思想も音を立てつつ離叛《りはん》して行っている二人には、以前のようなわけへだて無い友情はとても望めなかったのだ。私のひがみからかも知れないが、あのとき若《も》し、テツさんの上京さえなかったなら、汐田はきっと永久に私から遠のいて了《しま》うつもりであったらしい。

　汐田は私とむつまじい交渉を絶ってから三年目の冬に、突然、私の郊外の家を訪れてテツさんの上京を告げたのである。テツさんは汐田の卒業を待ち兼ねて、ひとりで東京へ逃げて来たのであった。

　そのころには私も或る無学な田舎女と結婚していたし、いまさら汐田のその出来事に胸をときめかすような、そんな若やいだ気持を次第にうしないかけていた矢先であったから、汐田のだしぬけな来訪に幾分まごつきはしたが、彼のその訪問の底意を見抜く事を忘れなかった。そんな一少女の出奔を知己の間に言いふらすことが、彼の自尊心をどんなに満足させたか。私は彼の有頂天を不愉快に感じ、彼のテツさんに対する真実を疑いさえした。私のこの疑惑は無残にも的中していた。彼は私にひとしきり、狂喜し感激して見せた揚句、眉間《みけん》に皺《しわ》を寄せて、どうしたらいいだろう？　という相談を小声で持ちかけたではないか。私は最早、そのようなひまな遊戯には同情が持てなかったので、君も悧巧《りこう》になったね、君がテツさんに昔程の愛を感じられなかったなら、別れるほかはあるまい、と汐田の思うつぼを直截《ちょくせつ》に言ってやった。汐田は、口角にまざまざと微笑をふくめて、しかし、と考え込んだ。

それから四五日して私は汐田から速達郵便を受け取った。その葉書には、友人たちの忠告もあり、お互の将来のためにテツさんをくにへ返す、あすの二時半の汽車で帰る筈《はず》だ、という意味のことがらが簡単に認《したた》められていた。私は頼まれもせぬのに、テツさんを見送ってやろうと即座に覚悟をきめた。私にはそんな軽はずみなことをしがちな悲しい習性があったのである。

あくる日は朝から雨が降っていた。

私はしぶる妻をせきたてて、一緒に上野駅へ出掛けた。

一〇三号のその列車は、つめたい雨の中で黒煙を吐きつつ発車の時刻を待っていた。私たちは列車の窓をひとつひとつたんねんに捜して歩いた。テツさんは機関車のすぐ隣の三等客車に席をとっていた。三四年まえに汐田の紹介でいちど逢ったことがあるけれども、あれから見ると顔の色がたいへん白くなって、頤《あご》のあたりもふっくりとふとっているのであった。テツさんも私の顔を忘れずにいて呉《く》れて、私が声をかけたら、すぐ列車の窓から半身乗り出して嬉しそうに挨拶をかえしたのである。私はテツさんに妻を引き合せてやった。私がわざわざ妻を連れて来たのは妻も亦《また》テツさんと同じように貧しい育ちの女であるから、テツさんを慰めるにしても、私などよりなにかきっと適切な態度や言葉をもってするにちがいないと独断したからであった。しかし、私はまんまと裏切られたのである。テツさんと妻は、お互に貴婦人のようなお辞儀を無言で取り交しただけであった。私は、まのわるい思いがして、なんの符号であろうか客車の横腹へしろいペンキで小さく書かれてあるスハフ 134273 という文字のあたりをこつこつと洋傘の柄でたたいたものだ。

テツさんと妻は天候について二言三言話し合った。その対話がすんで了《しま》うと、みんなは愈々《いよいよ》手持ぶさたになった。テツさんは、窓縁につつましく並べて置いた丸い十本の指を矢鱈《やたら》にかがめたり伸ばしたりしながら、ひとつ処をじっと見つめているのであった。私はそのような光景を見て居れなかったので、テツさんのところからこっそり離れて、長いプラットフォムをさまよい歩いたのである。列車の下から吐き出されるスチイムが冷い湯気となって、白々と私の足もとを這《は》い廻っていた。

私は電気時計のあたりで立ちどまって、列車を眺めた。列車は雨ですっかり濡れて、黝《あおぐろ》く光っていた。

三輛目の三等客車の窓から、思い切り首をさしのべて五、六人の見送りの人たちへおろおろ会釈している蒼黒《あおぐろ》い顔がひとつ見えた。その頃日本では他の或る国と戦争を始めていたが、それに動員された兵士であろう。私は見るべからざるものを見たような気がして、窒息しそうに胸苦しくなった。

数年まえ私は或る思想団体にいささかでも関係を持ったことがあって、のちまもなく見映えのせぬ申しわけを立ててその団体と別れてしまったのであるが、いま、こうして兵士を眼の前に凝視《ぎょうし》し、また、恥かしめられ汚されて帰郷して行くテツさんを眺めては、私のあんな申しわけが立つ立たぬどころでないと思ったのである。

私は頭の上の電気時計を振り仰いだ。発車まで未だ三分ほど間があった。私は堪らない気持がした。誰だってそうであろうが、見送人にとって、この発車前の三分間ぐらい閉口なものはない。言うべきことは、すっかり言いつくしてあるし、ただむなしく顔を見合せているばかりなのである。まして今のこの場合、私はその言うべき言葉さえなにひとつ考えつかずにいるではないか。妻がもっと才能のある女であったならば、私はまだしも気楽なのであるが、見よ、妻はテツさんの傍にいながら、むくれたような顔をして先刻から黙って立ちつくしているのである。私は思い切ってテツさんの窓の方へあるいて行った。

発車が間近いのである。列車は四百五十哩《マイル》の行程を前にしていきりたち、プラットフォムは色めき渡った。私の胸には、もはや他人の身の上まで思いやるような、そんな余裕がなかったので、テツさんを慰めるのに「災難」という無責任な言葉を使ったりした。しかし、のろまな妻は列車の横壁にかかってある青い鉄札の、水玉が一杯ついた文字を此頃習いたてのたどたどしい智識《ちしき》でもって、FOR A-O-MO-RI とひくく読んでいたのである。

逆行

蝶蝶

老人ではなかった。二十五歳を越しただけであった。けれどもやはり老人であった。ふつうの人の一年一年を、この老人はたっぷり三倍三倍にして暮したのである。二度、自殺をし損った。そのうちの一度は情死であった。三度、留置場にぶちこまれた。思想の罪人としてであった。ついに一篇も売れなかったけれど、百篇にあまる小説を書いた。しかし、それはいずれもこの老人の本気でした仕業ではなかった。謂《い》わば道草であった。いまだにこの老人のひしがれた胸をとくとく打ち鳴らし、そのこけた頬をあからめさせるのは、酔いどれることと、ちがった女を眺めながらあくなき空想をめぐらすことと、二つであった。いや、その二つの思い出である。ひしがれた胸、こけた頬、それは嘘《うそ》でなかった。老人は、この日に死んだのである。老人の永い生涯に於いて、嘘でなかったのは、生れたことと、死んだことと、二つであった。死ぬる間際まで嘘を吐《つ》いていた。

老人は今、病床にある。遊びから受けた病気であった。老人には暮しに困らぬほどの財産があった。けれどもそれは、遊びあるくのには足りない財産であった。老人は、いま死ぬることを残念であるとは思わなかった。ほそぼそとした暮しは、老人には理解できないのである。

　ふつうの人間は臨終ちかくなると、おのれの両のてのひらをまじまじと眺めたり、近親の瞳《ひとみ》をぼんやり見あげているものであるが、この老人は、たいてい眼をつぶっていた。ぎゅっと固くつぶってみたり、ゆるくあけて瞼《まぶた》をぷるぷるそよがせてみたり、おとなしくそんなことをしているだけなのである。蝶蝶が見えるというのであった。青い蝶や、黒い蝶や、白い蝶や、黄色い蝶や、むらさきの蝶や、水色の蝶や、数千数万の蝶蝶がすぐ額のうえをいっぱいにむれ飛んでいるというのであった。わざとそういうのであった。十里とおくは蝶の霞《かすみ》。百万の羽ばたきの音は、真昼のあぶの唸《うな》りに似ていた。これは合戦をしているのであろう。翼の粉末が、折れた脚が、眼玉が、触角が、長い舌が、降るように落ちる。

　食べたいものは、なんでも、と言われて、あずきかゆ、と答えた。老人が十八歳で始めて小説というものを書いたとき、臨終の老人が、あずきかゆ、を食べたいと呟《つぶや》くところの描写をなしたことがある。

　あずきかゆは作られた。それは、お粥《かゆ》にゆで小豆を散らして、塩で風味をつけたものであった。老人の田舎のごちそうであった。眼をつぶって仰向のまま、二匙《さじ》すすると、もういい、と言った。ほかになにか、と問われ、うす笑いして、遊びたい、と答えた。老人の、ひとのよい無学ではあるが利巧な、若く美しい妻は、居並ぶ近親たちの手前、嫉妬《しっと》でなく頬をあからめ、それから匙を握ったまま声しのばせて泣いたという。

盗賊

ことし落第ときまった。それでも試験は受けるのである。甲斐《かい》ない努力の美しさ。われはその美に心をひかれた。今朝こそわれは早く起き、まったく一年ぶりで学生服に腕をとおし、菊花の御紋章かがやく高い大きい鉄の門をくぐった。おそるおそるくぐったのである。すぐに銀杏《いちょう》の並木がある。右側に十本、左側にも十本、いずれも巨木である。葉の繁るころ、この路はうすぐらく、地下道のようである。いまは一枚の葉もない。並木路のつきるところ、正面に赤い化粧煉瓦《れんが》の大建築物。これは講堂である。われはこの内部を入学式のとき、ただいちど見た。寺院の如き印象を受けた。いまわれは、この講堂の塔の電気時計を振り仰ぐ。試験には、まだ十五分の間があった。探偵小説家の父親の銅像に、いつくしみの瞳をそそぎつつ、右手のだらだら坂を下り、庭園に出たのである。これは、むかし、さるお大名のお庭であった。池には鯉と緋鯉《ひごい》とすっぽんがいる。五六年まえまでには、ひとつがいの鶴が遊んでいた。いまでも、この草むらには蛇がいる。雁や野鴨《のがも》の渡り鳥も、この池でその羽を休める。庭園は、ほんとうは二百坪にも足りないひろさなのであるが、見たところ千坪ほどのひろさなのだ。すぐれた造園術のしかけである。われは池畔の熊笹のうえに腰をおろし、背を樫《かし》の古木の根株にもたせ、両脚をながながと前方になげだした。小径《こみち》をへだてて大小凸凹の岩がならび、そのかげからひろびろと池がひろがっている。曇天の下の池の面は白く光り、小波《さざなみ》の皺《しわ》をくすぐったげに畳んでいた。右足を左足のうえに軽くのせてから、われは呟く。

——われは盗賊。

まえの小径を大学生たちが一列に並んで通る。ひきもきらず、ぞろぞろと流れるように通るのである。いずれは、ふるさとの自慢の子。えらばれた秀才たち。ノオトのおなじ文章を読み、それをみんなみんなの大学生が、一律に暗記しようと努めていた。われは、ポケットから煙草を取りだし、一本、口にくわえた。マッチがないのである。

——火を借して呉《く》れ。

ひとりの美男の大学生をえらんで声をかけてやった。うすみどり色の外套《がいとう》にくるまった、その大学生は立ちどまり、ノオトから眼をはなさず、くわえていた※1金口《きんぐち》の煙草をわれに与えた。与えてそのままのろのろと歩み去った。大学にもわれに匹敵する男がある。われはその金口の外国煙草からおのが安煙草に火をうつして、おもむろに立ちあがり、金口の煙草を力こめて地べたへ投げ捨て靴の裏でにくしみにくしみ踏みにじった。それから、ゆったり試験場へ現れたのである。

試験場では、百人にあまる大学生たちが、すべてうしろへうしろへと尻込みしていた。前方の席に坐るならば、思うがままに答案を書けまいと懸念《けねん》しているのだ。われは秀才らしく最前列の席に腰をおろし、少し指先をふるわせつつ煙草をふかした。われには机のしたで調べるノオトもなければ、互いに小声で相談し合うひとりの友人もないのである。

やがて、あから顔の教授が、ふくらんだ鞄《かばん》をぶらさげてあたふたと試験場へ駈け込んで来た。この男は、日本一のフランス文学者である。われは、きょうはじめて、この男を見た。なかなかの柄であって、われは彼の眉間《みけん》の皺に不覚ながら威圧を感じた。この男の弟子には、日本一の詩人と日本一の評論家がいるそうな。日本一の小説家、われはそれを思い、ひそかに頬をほてらせた。教授がボオルドに問題を書きなぐっている間に、われの背後の大学生たちは、学問の話でなく、たいてい満州の景気の話を囁《ささや》き合っているのである。ボオルドには、フランス語が五六行。教授は教壇の肘掛《ひじかけ》椅子にだらしなく坐り、さもさも不気嫌そうに言い放った。

——こんな問題じゃ落第したくてもできめえ。

大学生たちは、ひくく力なく笑った。われも笑った。教授はそれから訳のわからぬフランス語を二言三言つぶやき、教壇の机のうえでなにやら書きものを始めたのである。

われはフランス語を知らぬ。どのような問題が出ても、フロオベエルはお坊ちゃんである、と書くつもりでいた。われはしばらく思索にふけったふりをして眼を軽くつぶったり短い頭髪のふけを払い落したり、爪の色あいを眺めたりするのである。やがて、ペンを取りあげて書きはじめた。

——フロオベエルはお坊ちゃんである。弟子のモオパスサンは大人である。芸術の美は所詮《しょせん》、市民への奉仕の美である。このかなしいあきらめを、フロオベエルは知らなかったしモオパスサンは知っていた。フロオベエルはおのれの処女作、聖アントワンヌの誘惑に対する不評判の屈辱をそそごうとして、一生を棒にふった。所謂《いわゆる》※2剞礫《こたく》の苦労をして、一作、一作を書き終えるごとに、世評はともあれ、彼の屈辱の傷はいよいよ激烈にうずき、痛み、彼の心の満たされぬ空洞が、いよいよひろがり、深まり、そうして死んだのである。傑作の幻影にだまくらかされ、永遠の美に魅せられ、浮かされ、とうとうひとりの近親はおろか、自分自身をさえ救うことができなんだ。ボオドレエルこそは、お坊ちゃん。以上。

先生、及第させて、などとは書かないのである。二度くりかえして読み、書き誤りを見出さず、それから、左手に外套と帽子を持ち右手にそのいちまいの答案を持って、立ちあがった。われのうしろの秀才は、われの立ったために、あわてふためいていた。われの背こそは、この男の防風林になっていたのだ。ああ。その兎に似た愛らしい秀才の答案には、新進作家の名前が記されていたのである。われはこの有名な新進作家の狼狽《ろうばい》を不憫《ふびん》に思いつつ、かのじじむさげな教授に意味ありげに一礼して、おのが答案を提出した。われはしずしずと試験場を、出るが早いかころげ落ちるように階段を駈け降りた。

戸外へ出て、わかい盗賊は、うら悲しき思いをした。この憂愁《ゆうしゅう》は何者だ。どこからやって来やがった。それでも、外套の肩を張りぐんぐんと大股《おおまた》つかって銀杏の並木にはさまれたひろい砂利道を歩きながら、空腹のためだ、と答えたのである。二十九番教室の地下に、大食堂がある。われは、そこへと歩をすすめた。

空腹の大学生たちは、地下室の大食堂からあふれ、入口よりして長蛇の如き列をつくり、地上にはみ出て、列の尾の部分は、銀杏の並木のあたりにまで達していた。ここでは、十五銭でかなりの昼食が得られるのである。一丁ほどの長さであった。

——われは盗賊。希代のすね者。かつて芸術家は人を殺さぬ。かつて芸術家はものを盗まぬ。おのれ。ちゃちな小利巧の仲間。

大学生たちをどんどん押しのけ、ようやく食堂の入口にたどりつく。入口には小さい貼紙《はりがみ》があって、それにはこう書きしたためられていた。

——きょう、みなさまの食堂も、はばかりながら創業満三箇年の日をむかえました。それを祝福する内意もあり、わずかではございますが、奉仕させていただきたく存じます。

その奉仕の品品が、入口の傍の硝子棚のなかに飾られている。赤い車海老《くるまえび》はパセリの葉の蔭《かげ》に憩《いこ》い、ゆで卵を半分に切った断面には、青い寒天の「壽」という文字がハイカラにくずされて画かれていた。試みに、食堂のなかを覗くと、奉仕の品品の饗応《きょうおう》にあずかっている大学生たちの黒い密林のなかを白いエプロンかけた給仕の少女たちが、くぐりぬけすりぬけしてひらひら舞い飛んでいるのである。ああ、天井には万国旗。

大学の地下に匂う青い花、こそばゆい毒消しだ。よき日に来合せたるもの哉《かな》。ともに祝わむ。ともに祝わむ。

盗賊は落葉の如くはらはらと退却し、地上に舞いあがり、長蛇のしっぽにからだをいれ、みるみるすがたをかき消した。

決闘

それは外国の真似ではなかった。誇張でなしに、相手を殺したいと願望したからである。けれどもその動機は深遠でなかった。私とそっくりおなじ男がいて、この世にひとつものがふたつ要らぬという心から憎しみ合ったわけでもなければ、その男が私の妻の以前のいろであって、いつもいつもその二度三度の事実をこまかく自然主義ふうに隣人どもへ言いふらして歩いているというわけでもなかった。相手は、私とその夜はじめてカフェで落ち合ったばかりの、犬の毛皮の胴着をつけた若い百姓であった。私はその男の酒を盗んだのである。それが動機であった。

私は北方の城下まちの高等学校の生徒である。遊ぶことが好きなのである。けれども金銭には割にけちであった。ふだん友人の煙草ばかりをふかし、散髪をせず、辛抱して五円の金がたまれば、ひとりでこっそりまちへ出てそれを一銭のこさず使った。一夜に、五円以上の金も使えなかったし、五円以下の金も使えなかった。しかも私はその五円でもって、つねに最大の効果を収めていたようである。私の貯めた粒粒の小金を、まず友人の五円紙幣と交換するのである。手の切れるほどあたらしい紙幣であれば、私の心はいっそう跳《おど》った。私はそれを無雑作らしくポケットにねじこみ、まちへ出掛けるのだ。月に一度か二度のこの外出のために、私は生きていたのである。当時、私は、わけの判らぬ憂愁にいじめられていた。絶対の孤独と一切の懐疑。口に出して言っては汚い！　ニイチェやビロンや春夫よりも、モオパスサンやメリメや鷗外のほうがほんものらしく思えた。私は、五円の遊びに命を打ち込む。

　私がカフェにはいっても、決して意気込んだ様子を見せなかった。遊び疲れたふうをした。夏ならば、冷いビールを、と言った。冬ならば、熱い酒を、と言った。私が酒を呑むのも、単に季節のせいだと思わせたかった。いやいやそうに酒を噛《か》みくだしつつ、私は美人の女給には眼もくれなかった。どこのカフェにも、色気に乏しい慾気ばかりの中年の女給がひとりばかりいるものであるが、私はそのような女給にだけ言葉をかけてやった。おもにその日の天候や物価について話し合った。私は、神も気づかぬ素早さで、呑みほした酒瓶《さかびん》の数を勘定するのが上手であった。テエブルに並べられたビイル瓶が六本になれば、日本酒の徳利が十本になれば、私は思い出したようにふらっと立ちあがり、お会計、とひくく呟くのである。五円を越えることはなかった。私は、わざとほうぼうのポケットに手をつっこんでみるのだ。金の仕舞いどころを忘れたつもりなのである。いよいよおしまいにかのズボンのポケットに気がつくのであった。私はポケットの中の右手をしばらくもじもじさせる。五六枚の紙幣をえらんでいるかたちである。ようやく、私はいちまいの紙幣をポケットから抜きとり、それを十円紙幣であるか五円紙幣であるか確かめてから、女給に手渡すのである。釣銭は、少いけれど、と言って見むきもせず全部くれてやった。肩をすぼめ、大股をつかってカフェを出てしまって、学校の寮につくまで私はいちども振りかえらぬのである。翌《あく》る日から、また粒粒の小銭を貯めにとりかかるのであった。

決闘の夜、私は「ひまわり」というカフェにはいった。私は紺色の長いマントをひっかけ、純白の革手袋をはめていた。私はひとつカフェにつづけて二度は行かなかった。きまって五円紙幣を出すということに不審を持たれるのを怖れたのである。「ひまわり」への訪問は、私にとって二月ぶりであった。

　そのころ私のすがたにどこやら似たところのある異国の一青年が、活動役者として出世しかけていたので、私も少しずつ女の眼をひきはじめた。私がそのカフェの隅の椅子《いす》に坐ると、そこの女給四人すべてが、様様の着物を着て私のテエブルのまえに立ち並んだ。冬であった。私は、熱い酒を、と言った。そうしてさもさも寒そうに首筋をすくめた。活動役者との相似が、直接私に利益をもたらした。年若いひとりの女給が、私が黙っていても、煙草をいっぽんめぐんでくれたのである。

「ひまわり」は小さくてしかも汚い。束髪を結った一尺に二尺くらいの顔の女のぐったりと頬杖をつき、くるみの実ほどの大きな歯をむきだして微笑《ほほえ》んでいるポスタアが、東側の壁にいちまい貼られていた。ポスタアの裾《すそ》にはカブトビイルと横に黒く印刷されてある。それと向い合った西側の壁には一坪ばかりの鏡がかけられていた。鏡は金粉を塗った額縁に収められているのである。北側の入口には赤と黒との縞《しま》のよごれたモスリンのカアテンがかけられ、そのうえの壁に、沼のほとりの草原に裸で寝ころんで大笑いをしている西洋の女の写真がピンでとめつけられていた。南側の壁には、紙の風船玉がひとつ、くっついていた。それがすぐ私の頭のうえにあるのである。腹の立つほど、調和がなかった。三つのテエブルと十脚の椅子。中央にストオヴ。土間は板張りであった。私はこのカフェでは、とうてい落ちつけないことを知っていた。電気が暗いので、まだしも幸いである。

その夜、私は異様な歓待を受けた。私がその中年の女給に酌をされて熱い日本酒の最初の徳利をからにしたころ、さきに私に煙草をいっぽんめぐんで呉れたわかい女給が、突然、私の鼻先へ右のてのひらを差し出したのである。私はおどろかずに、ゆっくり顔をあげて、その女給の小さい瞳の奥をのぞいた。運命をうらなって呉れ、と言うのである。私はとっさのうちに了解した。たとえ私が黙っていても、私のからだから予言者らしい高い匂いが発するのだ。私は女の手に触れず、ちらと眼をくれ、きのう愛人を失った、と呟いた。当ったのである。そこで異様な歓待がはじまった。ひとりのふとった女給は、私を先生とさえ呼んだ。私は、みんなの手相を見てやった。十九歳だ。寅《とら》のとし生れだ。よすぎる男を思って苦労している。薔薇《ばら》の花が好きだ。君の家の犬は、仔犬《こいぬ》を産んだ。仔犬の数は六。ことごとく当ったのである。かの痩《や》せた、眼のすずしい中年の女給は、ふたりの亭主を失ったと言われて、みるみる頸《くび》をうなだれた。この不思議の的中は、みんなのうちで、私をいちばん興奮させた。すでに六本の徳利をからにしていたのである。このとき、犬の毛皮の胴着をつけた若い百姓が入口に現われた。

百姓は私のテエブルのすぐ隣りのテエブルに、こっちへ毛皮の背をむけて坐り、ウイスキイと言った。犬の毛皮の模様は、ぶちであった。この百姓の出現のために、私のテエブルの有頂天は一時さめた。私はすでに六本の徳利をからにしたことを、ちくちく悔いはじめたのである。もっともっと酔いたかった。こよいの歓喜をさらにさらに誇張してみたかったのである。あと四本しか呑めぬ。それでは足りない。足りないのだ。盗もう。このウイスキイを盗もう。女給たちは、私が金銭のために盗むのでなく、予言者らしい突飛な冗談と見てとって、かえって喝采《かっさい》を送るだろう。この百姓もまた、酔いどれの悪ふざけとして苦笑をもらすくらいのところであろう。盗め！　私は手をのばし、隣りのテエブルのそのウイスキイのコップをとりあげ、おちついて呑みほした。喝采は起らなかった。しずかになった。百姓は私のほうをむいて立ちあがった。外へ出ろ。そう言って、入口のほうへ歩きはじめた。私も、にやにや笑いながら百姓のあとについて歩いた。金色の額縁におさめられてある鏡を通りすがりにちらと覗《のぞ》いた。私は、ゆったりした美丈夫であった。鏡の奥底には、一尺に二尺の笑い顔が沈んでいた。私は心の平静をとりもどした。自信ありげに、モスリンのカアテンをぱっとはじいた。

THE HIMAWARI と黄色いロオマ字が書かれてある四角の軒燈《けんとう》の下で、私たちは立ちどまった。女給四人は、薄暗い門口に白い顔を四つ浮かせていた。

私たちは次のような争論をはじめたのである。

――あまり馬鹿にするなよ。

――馬鹿にしたのじゃない。甘えたのさ。いいじゃないか。

――おれは百姓だ。甘えられて、腹がたつ。

私は百姓の顔を見直した。短い角刈にした小さい頭と、うすい眉と、一重《ひとえ》瞼《まぶた》の三白眼《さんぱくがん》と、蒼黒《あおぐろ》い皮膚であった。身丈は私より確かに五寸はひくかった。私は、あくまで茶化してしまおうと思った。

――ウイスキイが呑みたかったのさ。おいしそうだったからな。

――おれだって呑みたかった。ウイスキイが惜しいのだ。それだけだ。

――君は正直だ。可愛い。

――生意気いうな。たかが学生じゃないか。つらにおしろいをぬたくりやがって。

――ところが僕は、易者だということになっている。予言者だよ。驚いたろう。

――酔ったふりなんかするな。手をついてあやまれ。

――僕を理解するには何よりも勇気が要る。いい言葉じゃないか。僕はフリイドリッヒ・ニイチェだ。

私は女給たちのとめて呉れるのを、いまかいまかと待っていた。女給たちはしかし、そろって冷い顔して私の殴られるのを待っていた。そのうちに私は殴られた。右のこぶしが横からぐんと飛んで来たので、私は首筋を素早くすくめた。十間ほどふっとんだ。私の白線の帽子が身がわりになって呉れたのである。私は微笑みつつ、わざとゆっくりその帽子を拾いに歩きはじめた。毎日毎日のみぞれのために、道はとろとろ溶けていた。しゃがんで、泥にまみれた帽子を拾ったとたんに、私は逃げようと考えた。五円たすかる。別のところで、もいちど呑むのだ。私は二あし三あし走った。滑った。仰向にひっくりかえった。踏みつぶされた雨蛙《あまがえる》の姿に似ていたようであった。自身のぶざまが、私を少し立腹させたのである。手袋も上衣もズボンもそれからマントも、泥まみれになっている。私はのろのろと起きあがり、頭をあげて百姓のもとへ引返した。百姓は、女給たちに取りまかれ、まもられていた。誰ひとり味方がない。その確信が私の兇暴《きょうぼう》さを呼びさましたのである。

——お礼をしたいのだ。

せせら笑ってそう言ってから、私は手袋を脱ぎ捨て、もっと高価なマントをさえ泥のなかへかなぐり捨てた。私は自身の大時代なせりふとみぶりにやや満足していた。誰かとめて呉れ。

百姓は、もそもそと犬の毛皮の胴着を脱ぎ、それを私に煙草をめぐんで呉れた美人の女給に手渡して、それから懐のなかへ片手をいれた。

——汚い真似をするな。

私は身構えて、そう注意してやった。

懐から一本の銀笛が出た。銀笛は軒燈の灯にきらきら反射した。銀笛はふたりの亭主を失った中年の女給に手渡された。

百姓のこのよさが、私を夢中にさせたのだ。それは小説のうえでなく、真実、私はこの百姓を殺そうと思った。

——出ろ。

そう叫んで、私は百姓の向う臑《ずね》を泥靴で力いっぱいに蹴《け》あげた。蹴たおして、それから澄んだ三白眼をくり抜く。泥靴はむなしく空を蹴ったのである。私は自身の不《ぶ》恰好《かっこう》に気づいた。悲しく思った。ほのあたたかいこぶしが、私の左の眼から大きい鼻にかけて命中した。眼からまっかな焔《ほのお》が噴き出た。私はそれを見た。私はよろめいたふりをした。右の耳朶《みみたぶ》から頬にかけてぴしゃっと平手が命中した。私は泥のなかに両手をついた。とっさのうちに百姓の片脚をがぶと噛んだ。脚は固かった。路傍の白楊《はこやなぎ》の杙《くい》であった。私は泥にうつぶして、いまこそおいおい声をたてて泣こう泣こうとあせったけれど、あわれ、一滴の涙も出なかった。

くろんぼ

くろんぼは檻《おり》の中にはいっていた。檻の中は一坪ほどのひろさであって、まっくらい奥隅に、丸太でつくられた腰掛がひとつ置かれていた。くろんぼはそこに坐って、刺繍《ししゅう》をしていた。このような暗闇のなかでどんな刺繍ができるものかと、少年は抜けめのない紳士のように、鼻の両わきへ深い皺をきざみこませ口まげてせせら笑ったものである。

日本※3チャリネがくろんぼを一匹つれて来た。村は、どよめいた。ひとを食うそうである。まっかな角が生えている。全身に花のかたちのむらがある。少年は、まったくそれを信じないのであった。少年は思うのだ。村のひとたちも心から信じてそんな噂《うわさ》をしているのではあるまい。ふだんから夢のない生活をしているゆえ、こんなときにこそ勝手な伝説を作りあげ、信じたふりして酔っているのにちがいない。少年は村のひとたちのそんな安易な嘘を聞くたびごとに、歯ぎしりをし耳を覆い、飛んで彼の家へ帰るのであった。少年は村のひとたちの噂話を間抜けていると思うのだ。なぜこのひとたちは、もっとだいじなことがらを話し合わないのであろう。くろんぼは、雌だそうではないか。

チャリネの音楽隊は、村のせまい道をねりあるき、六十秒とたたぬうちに村の隅から隅にまで宣伝しつくすことができた。一本道の両側に三丁ほど茅葺《かやぶき》の家が立ちならんでいるだけであったのである。音楽隊は、村のはずれに出てしまってもあゆみをとめないで、蛍の光の曲をくりかえしくりかえし奏しながら菜の花畠のあいだをねってあるいて、それから田植まっさいちゅうの田圃《たんぼ》へ出て、せまい畦道《あぜみち》を一列にならんで進み、村のひとたちをひとりも見のがすことなく浮かれさせ橋を渡って森を通り抜けて、半里はなれた隣村にまで行きついてしまった。

村の東端に小学校があり、その小学校のさらに東隣りが牧場であった。牧場は百坪ほどのひろさであってオランダげんげ※4が敷きつめられ、二匹の牛と半ダアスの豚とが遊んでいた。チャリネはこの牧場に鼠色したテントの小屋をかけた。牛と豚とは、飼主の納屋に移転したのである。

夜、村のひとたちは頬被《ほおかむ》りして二人三人ずつかたまってテントのなかにはいっていった。六、七十人のお客であった。少年は大人たちを殴りつけては押しのけ押しのけ、最前列へ出た。まるい舞台のぐるりに張りめぐらされた太いロオプに顎《あご》をのせかけて、じっとしていた。ときどき眼を軽くつぶって、うっとりしたふりをしていた。

かるわざの曲目は進行した。樽《たる》。メリヤス。むちの音。それから金襴《きんらん》。痩せた老馬。まのびた喝采。カアバイト。二十箇ほどのガス燈が小屋のあちこちにでたらめの間隔をおいて吊《つる》され、夜の昆虫《こんちゅう》どもがそれにひらひらからかっていた。テントの布地が足りなかったのであろう、小屋の天井に十坪ほどのおおきな穴があけっぱなしにされていて、そこから星空が見えるのだ。

くろんぼの檻が、ふたりの男に押されて舞台へ出た。檻の底に車輪の脚がついているらしくからからと音たてて舞台へ滑り出たのである。頬被りしたお客たちの怒号と拍手。少年は、ものうげに眉をあげて檻の中をしずかに観察しはじめた。

少年は、せせら笑いの影を顔から消した。刺繍は日の丸の旗であったのだ。少年の心臓は、とくとくと幽《かす》かな音たてて鳴りはじめた。兵隊やそのほか兵隊に似かよったような概念のためではない。くろんぼが少年をあざむかなかったからである。ほんとうに刺繍をしていたのだ。日の丸の刺繍は簡単であるから、闇のなかで手さぐりしながらでもできるのだ。ありがたい。このくろんぼは正直者だ。

やがて、燕尾《えんび》服《ふく》を着た仁丹の鬚《ひげ》のある太《た》夫《ゆう》が、お客に彼女のあらましの来歴を告げて、それから、ケルリ、ケルリ、と檻に向って二声叫び、右手のむちを小《こ》粋《いき》に振った。むちの音が少年の胸を鋭くつき刺した。太夫に嫉妬を感じたのである。くろんぼは、立ちあがった。

むちの音におびやかされつつ、くろんぼはのろくさと二つ三つの芸をした。それは卑《ひ》猥《わい》の芸であった。少年を置いてほかのお客たちはそれを知らぬのだ。ひとを食うか食わぬか。まっかな角があるかないか。そんなことだけが問題であったのである。

くろんぼのからだには、青い藺《い》の腰蓑《こしみの》がひとつ、つけられていた。油を塗りこくってあるらしく、すみずみまでつよく光っていた。おわりに、くろんぼは謡《うた》をひとくさり唄った。伴奏は太夫のむちの音であった。シャアボン、シャアボンという簡単な言葉である。少年は、その謡のひびきを愛した。

どのようにぶざまな言葉でも、せつない心がこもっておれば、きっとひとを打つひびきが出るものだ。そう考えて、またぐっと眼をつぶった。

その夜、くろんぼを思い、少年はみずからを汚した。

翌朝、少年は登校した。教室の窓を乗り越え、背戸の小川を飛び越え、チャリネのテントめがけて走った。テントのすきまから、ほの暗い内部を覗いたのである。チャリネのひとたちは舞台にいっぱい蒲団《ふとん》を敷きちらし、ごろごろと芋虫《いもむし》のように寝ていた。学校の鐘が鳴りひびいた。授業がはじまるのだ。少年は、うごかなかった。くろんぼは寝ていないのである。さがしてもさがしても見つからぬのである。学校は、しんとなった。授業がはじまったのであろう。第二課、アレキサンドル大王と医師フィリップ。むかしヨーロッパにアレキサンドル大王という英雄があった。少女の朗朗と読みあげる声をはっきり聞いた。少年は、うごかなかった。少年は信じていた。あのくろんぼは、ただの女だ。ふだんは檻から出て、みんなと遊んでいるのにちがいない。水仕事をしたり、煙草をふかしたり、日本語で怒ったり、そんな女だ。少女の朗読がおわり、教師のだみ声が聞えはじめた。信頼は美徳であると思う。アレキサンドル大王はこの美徳をもっていたがために、一命をまっとうしたようであります。みなさん。少年は、まだうごかずにいた。ここにいないわけはない。檻は、きっとからっぽの筈《はず》だ。少年は肩を固くした。こうして覗いているうちに、くろんぼは、こっそりおれのうしろにやって来て、ぎゅっと肩を抱きしめる。それゆえ背後にも油断をせず、抱きしめられるに恰好のいいように肩を小さく固くしたのであった。くろんぼは、きっと刺繍した日の丸の旗をくれるにちがいない。

そのときおれは、弱味を見せずこう言ってやる。僕で幾人目だ。

くろんぼは現れなかった。テントから離れ、少年は着物の袖でせまい額の汗を拭って、のろのろと学校へ引き返した。熱が出たのです。肺がわるいそうです。袴《はかま》に編みあげの靴をはいている男の老教師を、まんまとだました。自分の席についてからも、少年はごほごほと贋《にせ》の咳《せき》ばらいにむせかえった。

村のひとたちの話に依れば、くろんぼは、やはり檻につめられたまま、幌馬《ほろば》車《しゃ》に積みこまれ、この村を去ったのである。太夫は、おのが身をまもるため、ピストルをポケットに忍ばせていた。

※1 金紙を巻いた紙巻きたばこの吸い口。　※2 体を切り裂くこと。またはそうした刑罰。
※3 来日して人気を博したイタリアの曲馬団名。「サーカス」の別称となる。　※4 マメ科の植物。タチツメクサ。

キャラクターファイル

文豪読み解きミニ事典

太宰治

直筆原稿

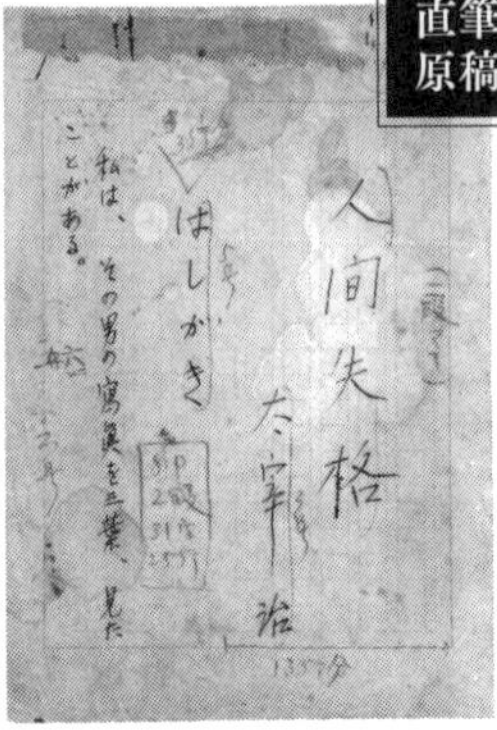

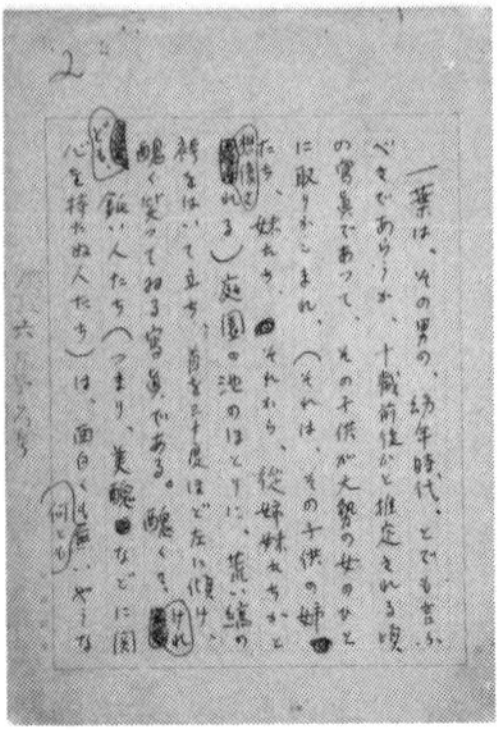

「人間失格」

太宰治の代表作『人間失格』の直筆原稿。1948（昭和23）年5月12日に脱稿。その1か月後の6月13日に、太宰は玉川上水で入水自殺した（日本近代文学館所蔵）

生の声

デビュー当時の心境・状況

〔デビュー当時の状況を振り返るエッセイ「十五年間」より抜粋（『グッドバイ』所収）〕

私は二十五歳になっていた。昭和八年である。私は、このとしの三月に大学を卒業しなければならなかった。けれども私は、卒業どころか、てんで試験にさえ出ていない。故郷の兄たちは、それを知らない。ばかな事ばかり、やらかしたがそのお詫びに、学校だけは卒業して見せてくれるだろう。それくらいの誠実は持っている奴だと、ひそかに期待していた様子であった。私は見事に裏切った。卒業する気は無いのである。信頼している者を欺くことは、狂せんばかりの地獄である。それからの二年間、私は、その地獄の中に住んでいた。来年は、必ず卒業します。どうか、もう一年、おゆるし下さい、と長兄に泣訴しては裏切る。そのとしも、そうであった。その翌《あく》るとしも、そうであった。死ぬるばかりの猛省と自嘲と恐怖の中で、死にもせず私は、身勝手な、遺書と称する一聯《れん》の作品に凝っていた。これが出来たならば。そいつは所詮、青くさい気取った感傷に過ぎなかったのかも知れない。けれども私は、その感傷に、命を懸けていた。私は書き上げた作品を、大きい紙袋に、三つ四つと貯蔵した。次第に作品の数も殖えて来た。私は、その紙袋に毛筆で、「晩年」と書いた。その一聯の遺書の、銘題のつもりであった。もう、これで、おしまいだという意味なのである。

［この『晩年』の中の一編がデビュー作の「列車」で、他に「逆行」「思ひ出」「魚服記」「道化の華」などが収録されている。］

トピック❶

太宰治の女性遍歴

1927（昭和2）年、中学を4年で修了した太宰治は、弘前高等学校に入学、青森の料亭「玉屋」の芸妓小山初代と知り合い、初代のもとに通い詰める。

1930（昭和5）年4月、東京帝国大学文学部フランス文学科に入学し上京すると、秋には小山初代を東京に呼び同棲を始めたが、太宰の兄によって初代は青森に連れ戻される。

その年の11月に銀座のカフェー「ホリウッド」の女給田部シメ子と知り合い、3日後には鎌倉の海に入水するが、シメ子は死に、太宰は助かる。後に太宰が書いた「道化の華」「狂言の神」「虚構の春」はこの事件を題材にしたものだ。

その後、腹痛に端を発し、パビナール中毒になった太宰はいくつかの病院を転々とする。1936（昭和11）年、初代の不倫を知った太宰は、初代を問い詰め、ふたりで心中しようとするが失敗。この後、初代とは離縁する。

１９３９（昭和14）年、井伏鱒二の紹介で、山梨県立都留高等女学校（現・山梨県立都留高等学校）の教師石原美知子と見合い結婚、一男二女をもうける。

しかし、１９４１年（昭和16年）には、太宰に日記作品を送って来た歌人の太田静子と恋に落ち、数年の断絶のあと１９４６（昭和21）年に再会した。その後静子は１９４７（昭和22）年に太宰の子を産む。この静子との恋愛が『斜陽』の題材になったとされる。

静子と不倫していたはずの１９４７年の春、太

太宰と心中自殺した愛人の山崎富栄

宰は三鷹駅前の屋台のうどん屋で山崎富栄と知り合い、不倫関係となる。そして翌１９４８（昭和23）年6月13日、この山崎富栄と玉川上水に入水自殺することになるのだ。享年39。太宰がうどん屋で富栄を口説いた言葉は「死ぬ気で恋愛してみないか」だったという。

トピック❷ パビナール中毒

パビナールは、アヘンアルカロイドを主成分とする鎮痛剤。いわゆる「麻薬」成分が含まれるため、依存症になることがある。

太宰治は、１９３５（昭和10）年4月に盲腸炎から腹膜炎を起こして東京・阿佐ヶ谷の篠原病院（外科）に入院し、手術。手術後の痛みを抑えるため、パビナールを処方される。5月に世田谷の経堂病院に転院し、7月には千葉県船橋市に移り、療養生活を始めたものの、パビナールへの依存は激しくなるばかりだった。

心配した佐藤春夫は、１９３６（昭和11）年2月、太宰を芝の済生会病院に入院させるが結果は思わしくなかった。全治しないまま退院した太宰は、井伏鱒二の勧めで、板橋の武蔵野病院（精神科）に入院するも改善せず、生涯太宰を苦しめることになる。太宰の「HUMAN LOST」は、武蔵野病院に入院していた時のことを書いた日記形式の作品だ。

トピック❸ 自殺は5回

「女性遍歴」の項で紹介した田部シメ子、小山初代との心中未遂、山崎富栄との心中のほかに、太宰治はさらに2度（合計5回）、自殺しようとしている。

1回目は１９２９（昭和4）年12月、19歳で高等学校の学生だった太宰は、マルクス主義に傾倒し、地主の息子という自分の地位が許せず、カルモチンという睡眠薬を大量摂取し、自殺を図る。しかし、翌晩には目が覚め失敗。

もう1度は、１９３５（昭和10）年3月16日、新聞社の入社試験や大学の卒業試験に落ちて落胆した結果、鎌倉山中で首つり自殺を試みるも失敗。それは、パビナール中毒の発端となる盲腸炎を引き起こす10日ほど前のことだった。自殺するほどの覚悟があっても手術後の激痛には耐えられず、薬に頼ってしまうのが太宰治なのだ。

トピック④ 桜桃忌は遺体発見の日

一般的に〇〇忌は、その人の命日とされるが、太宰治の「桜桃忌」は命日ではなく、その遺体が発見された日だ。1948（昭和23）年6月13日に太宰とその愛人山崎富栄が失踪、その後、遺書が発見されて、捜索活動が開始、19日になってようやく三鷹の玉川上水で水死体が発見された。遺書から、13日夜には入水したと考えられ、命日は13日と推定される。くしくも遺体が発見された6月19日は太宰治の誕生日だった。

1年後の1949（昭和24）年6月12日に、東京三鷹の禅林寺で夫人主催の法要が行われた。そして19日に友人知人主催の宴会が行われ、友人の今官一（直木賞作家）がこの日を「桜桃忌」と名付けた。6月がちょうどが桜桃の季節であること、太宰の作品に「桜桃」があること、太宰の好物が桜桃だったことによる。毎年6月19日、桜桃忌には三鷹の禅林寺で法要が行われ、全国から太宰ファン

太宰たちが入水したとされる場所に置かれた青森産の玉鹿石

が訪れる。

　また、太宰の生誕地である青森県五所川原市の金木芦野公園でも毎年桜桃忌が行われて来たが、1999（平成11）年からは、「生誕地には生誕を祝う祭の方がふさわしい」という理由から桜桃忌を「太宰治生誕祭」に改称し、誕生祭が開催されている。

太宰治の生家であり記念館「斜陽館」
青森県五所川原市金木町朝日山412－1

聖地巡礼❶　太宰治記念館「斜陽館」

　青森県五所川原市にある太宰治（津島修治）の生家は、太宰が生まれる2年前の1907（明治40）年に、父津島源右衛門によって建てられた。青森ひばが使用された和洋折衷・入母屋造りの建物で、国の重要文化財建造物にも指定されている。

　蔵を利用した資料展示室には、太宰が生前愛用していたマントや筆記用具、直筆原稿、書簡などが展示されており、ビデオ作品を鑑賞することもできる。

　また、同市内にある芦野公園には、太宰治文学碑や太宰治の銅像もある。

アクセス　青森県五所川原市金木町朝日山412－1
https://dazai.or.jp/modules/contents/index.php?content_id=15

聖地巡礼❷ 新婚当時の住居跡

1939（昭和14）年、石原美知子と結婚した太宰治が住んだ山梨県甲府市の借家は1945（昭和20）年の甲府空襲で焼けてしまったが、その跡地には、「太宰治僑居《きょうきょ》跡」の石碑が立っている。

アクセス 山梨県甲府市朝日5丁目8－11

聖地巡礼❸ 太宰治文学サロン

1939（昭和14）年9月、太宰一家は甲府から東京府三鷹村下連雀（現在の三鷹市）に引っ越すが、東京近郊で太宰治の痕跡が一番多く残る街が三鷹だ。中でも太宰の名前を冠した「太宰治文学サロン」は、三鷹に行ったら最初に行くべきスポット。小説「十二月八日」にも登場する、太宰が通った伊勢元酒店の跡地に作られた施設で、写真パネルでの解説が見られるほか、ガイドボランティアが常駐し、太宰治や三鷹について説明を聞くことができる。

近所には「メリークリスマス」「ヴィヨンの妻」を執筆した中鉢家跡、「斜陽」を書いた仕事部屋の田辺肉店跡、山崎富栄が住んでいた野川家跡、入水した玉川上水など、ゆかりの地が19以上も点在する。

アクセス 東京都三鷹市下連雀3－16－14
https://mitaka-sportsandculture.or.jp/dazai/

聖地巡礼❹ 三鷹陸橋

太宰ファンのほか、鉄道オタクにも人気のあるのがJR中央線三鷹駅の西側にある「三鷹電車庫跨線橋」。通称三鷹陸橋とか太宰陸橋と呼ばれる、太宰ファンには馴染みの陸橋だ。三鷹駅開業1年前の1929（昭和4）年に設置された、電車庫をまたぐ長さ93mの跨線橋で、三鷹に住んでいた太宰がしばしば訪れていたと言われている。現存する数少ない太宰治の写真の中でこの陸橋で撮影されたものは5枚あるが、いずれも1948（昭和23）年2月、太宰が山崎富栄と玉川上水で心中する数か月前に、田村茂によって撮られたものだ。

太宰陸橋と呼ばれる三鷹電車庫跨線橋は、太宰ファンの聖地のひとつ

聖地巡礼5 太宰治の墓所

太宰治の墓は、東京三鷹市にある禅林寺にある。

黄檗宗の寺院で、文豪森鷗外の墓所があり、この寺について太宰が「花吹雪」の中に次のように書いている。

「この寺の裏には、森鷗外の墓がある。どういうわけで、鷗外の墓がこんな東京府下の三鷹町にあるのか、私にはわからない。けれども、ここの墓所は清潔で、鷗外の文章の片影がある。私の汚い骨

禅林寺本堂

も、こんな小綺麗な墓地の片隅に埋められたら、死後の救いがあるかも知れないと、ひそかに甘い空想をした日も無いではなかったが、今はもう、気持ちが畏縮してしまって、そんな空想など雲散霧消した」

太宰治の墓

太宰の死後、美知子夫人が夫の意を汲んで、ここに葬った。毎年、6月19日にはここで桜桃忌が営まれ、多くのファンが訪れることでも有名。

アクセス 東京都三鷹市下連雀4－18－20

III

ODA SAKUNOSUKE

織田作之助

ある意味での処女作

雨

1938（昭和13）年

織田作之助

（おだ　さくのすけ）

１９１３（大正２）年、大阪府生まれ。第三高等学校を退学後、執筆活動を開始し、１９３８（昭和13）年に「ひとりすまう」「雨」を発表。大阪の下町の人々の生活を戯作調の文体で描いた「夫婦善哉」が出世作となり、戦時中には「雨」を発展長編化した『青春の逆説』が発禁処分を受ける。戦後に太宰治、坂口安吾、石川淳らとともに無頼派の作家として頭角を表す。戦後間もない１９４７（昭和22）年、執筆中に喀血死した。享年33。

ブレークまでの道のり

二番目に発表したある意味での処女作「雨」

織田作之助は、1913（大正2）年10月26日、大阪で生まれた。5人兄弟で唯一の男の子で、姉が3人、妹がひとりいた。

生家は魚屋だったが、作之助が4歳のころには、店舗を失い、父親は銭湯前の屋台で魚を売り、一家は長屋暮らしをしていた。

両親は母方から結婚反対に遭っていたために婚姻届を提出できておらず、母の姓を名乗り「鈴木作之助」としていた。作之助が「織田作之助」となるのは、1926（大正15年）に両親が正式に入籍を果たしてからである。

大阪市立東平野第一尋常高等小学校（現・大阪市立生魂小学校）から、大阪府立高津中学校（現・大阪府立高津高等学校）に進み、1931（昭和6）年に同校を卒業すると、成績優秀だった作之助は、第三高等学校（現在の京都大学教養部）文科甲類に進学する。

彼の学費は、嫁にいった長姉夫婦が負担してくれたという。

当時、路地裏の子どもが三高に入学することは極めて稀なことで、母校・東平野第一小学校の卒業生で初めての三高合格だったため、母校から「入学式の日に児童総出で見送る」という申し出があったというエピソードが残っている。

京大という知的エリート世界と貧しい出自とのギャップがあったのか、作之助は学友に実家について語ることはなかったという。

1934（昭和9）年、作之助は結核により卒業試験中に喀血する。その後復学はするものの、勉学に対する意欲を失い、結局1936（昭和11）年に出席不足で退学した。

その間に、後の妻となる宮田一枝と出会い同棲生活を始めた作之助は同時期に作家活動を開始する。当初は劇作家志望で『嶽水会雑誌』に戯曲「饒舌」を発表したりしたが、スタンダールに影響を受けて小説家へ志向を転換する。

そして青山光二らと共に同人誌『海風』を創刊し、1938年（昭和13）年に小説「ひとりすまう」「雨」を発表した。

発表は「ひとりすまう」が先だが、作之助は「雨」について「ある意味で私の処女作」と記している。評論家・佐藤秀明によると「ひとりすまう」は「旧制高校的教養が背景にあり、織田独特の闊達《かったつ》で灰汁《あく》の強い人間模様はまだ出ていない」「どこでどう回転が起こったのか。（「雨」では）織田は自分の身近な人たちの生を、俗悪をものともせずに書き出したのである」（岩波文庫『夫婦善哉　正続』解説）としている。

要するに「ひとりすまう」はオダサクらしからぬ上品な作品なのだ。無頼派文豪・オダサクとしてのデビュー作が「雨」ということなのだろう。

雨

一

子供のときから何かといえば跣足《はだし》になりたがった。冬でも足袋《たび》をはかず、夏はむろん、洗濯《せんたく》などするときは決《きま》っていそいそと下駄をぬいだ。共同水道場の漆喰《しっくい》の上を跣足のままペタペタと踏《ふ》んで、ああええ気持やわ。それが年ごろになっても止まぬので、無口な父親もさすがに冷えるぜエと、たしなめたが、聴かなんだ。

蝸牛《かたつむり》を掌《てのひら》にのせ、腕を這わせ、肩から胸へ、じめじめとした感触を愉《たの》しんだ。

また、銭湯で水を浴びるのを好んだ。湯気のふきでている裸にざあッと水が降りかかって、ピチピチと弾《はず》みきった肢態《したい》が妖《あや》しく顫《ふる》えながら、すくッと立った。官能がうずくのだった。何度も浴びた。

「五へんも六ぺんも水かけまんねん。ええ気持やわ」と、後年夫の軽部《かるべ》に言ったら、若い軽部は顔をしかめた。

そんなお君が軽部と結婚したのは十八の時だった。軽部は大阪天王寺第×小学校の教員、出世がこの男の固着観念で、若い身空で浄瑠璃《じょうるり》など習っていたが、むろん浄瑠璃ぐるいの校長に取りいるためだった。下寺町の広沢八助に入門し、校長の相弟子たる光栄に浴していた。なお校長の驥尾《きび》に附《ふ》して、日本橋五丁目の裏長屋に住む浄瑠璃本写本師、毛利金助に稽古本《けいこぼん》を註文したりなどした。

お君は金助のひとり娘だった。金助は朝起きぬけから夜おそくまで背中をまるめてこつこつと浄瑠璃の文句を写しているだけが能《のう》の、古ぼけた障子《しょうじ》のようにひっそりした無気力な男だった。女房はまるで縫物をするために生れてきたような女で、いつ見ても薄暗い奥の間にぺたりと坐りこんで針を運ばせていた。糖尿病をわずらってお君の十六の時に死んだ。

女手がなくなって、お君は早くから一人前の大人並みに家の切りまわしをした。炊事、縫物、借金取の断《ことわ》り、その他写本を得意先に届ける役目もした。若い見習弟子がひとりいたけれど、薄ぼんやりで役にもたたず、邪魔になるというより、むしろ哀れだった。

お君が上本町九丁目の軽部の下宿先へ写本を届けに行くと、二十八の軽部はぎょろりとした眼をみはった。裾《すそ》から二寸も足が覗《のぞ》いている短い着物をお君は着て、だから軽部は思わず眼をそらした。女は出世のさまたげ。熱っぽいお君の臭いにむせながら、日ごろの持論にしがみついた。しかし、三度目にお君が来たとき、

「本に間違いないか今ちょっと調べてみるよってな。そこで待っとりや」

と、座蒲団をすすめておいて、写本をひらき、

「あと見送りて政岡が……」

ちらちらお君を盗見していたが、しだいに声もふるえてきて、生つばを呑みこみ、

「ながす涙の水こぼし……」

いきなり、霜焼けした赤い手を掴《つか》んだ。声も立てぬのが、軽部には不気味だった。その時のことを、あとでお君が、

「なんやこう、眼エの前がぱッと明《あこ》うなったり、真黒けになったりして、あんたの顔こって牛みたいに大けな顔に見えた」

と言って、軽部にいやな想いをさせたことがある。軽部は小柄なわりに顔の造作が大きく、太い眉毛の下にぎょろりと眼が突き出し、分厚い唇の上に鼻がのしかかっていて、まるで文楽人形の赤面みたいだが、彼はそれを雄大な顔と己惚《うぬぼ》れていた。けれども、顔のことに触れられると、何がなしいい気持はしなかった。……その時、軽部は大きな鼻の穴からせわしく煙草《たばこ》のけむりを吹きだしながら、

「このことは誰にも黙ってるんやぜ、分ったやろ、また来るんやぜ」

と、だめ押《おし》した。けれども、それきりお君は来なかった。

軽部は懊悩《おうのう》した。このことはきっと出世のさまたげになるだろうと思った。ついでに、良心の方もちくちく痛んだ。あの娘は姙娠しよるやろか、せんやろかと終日思い悩み、金助が訪ねてこないだろ

うかと怖れた。「教育上の大問題」そんな見出しの新聞記事を想像するに及んで、苦悩は極まった。

いろいろ思い案じたあげく、今のうちにお君と結婚すれば、たとえ妊娠しているにしてもかまわないわけだと、気がつき、ほっとした。なぜこのことにもっと早く気がつかなかったか、間抜けめとみずから嘲《あざけ》った。けれども、結婚は少くとも校長級の家の娘とする予定だった。写本師風情《ふぜい》との結婚など夢想だに価しなかったのだ。わずかに、お君の美貌《びぼう》が軽部を慰《なぐさ》めた。

某日、軽部の同僚と称して、蒲地某が宗右衛門の友恵堂の最中《もなか》を手土産に出しぬけに金助を訪れ、呆気《あっけ》にとられている金助を相手によもやまの話を喋《しゃべ》り散らして帰って行き、金助にはさっぱり要領の得ぬことだった。ただ、蒲地某の友人の軽部村彦という男が品行方正で、大変評判のいい血統の正しい男であるということだけが朧《おぼろ》げにわかった。

三日経つと当の軽部がやってきた。季節はずれの扇子などを持っていた。ポマードでぴったりつけた頭髪を二三本指の先でみながら、

「じつはお宅の何を小生の……」

妻にいただきたいと申し出でた。

金助がお君に、お前は、と訊《き》くと、お君は、おそらく物心ついてからの口癖であるらしく、表情一つ動かさず、しいていうならば、綺麗《きれい》な眼の玉をくるりくるりと廻した可愛い表情で、

「私《あて》か、私はどないでもよろしおま」

あくる日、金助が軽部を訪れて、

「ひとり娘のことでっさかい、養子ちゅうことにしてもらいましたら……」

都合がいいとは言わせず、軽部は、

「それは困ります」

と、まるで金助は叱られに行ったみたいだった。

やがて、軽部は小宮町に小さな家を借りてお君を迎えたが、この若い嫁に「だいたいにおいて」満足していると同僚たちに言いふらした。お君は白い綺麗なからだをしていた。なお、働き者で、夜が明けるともうぱたぱたと働いていた。

「ここは地獄の三丁目、行きはよいよい帰りは怖い」

と朝っぱらから唄《うと》うたが、間もなく軽部にその卑俗性を理由に禁止された。

「浄瑠璃みたいな文学的要素がちょっともあれへん」

と、言いきかせた。彼は国漢文中等教員検定試験の勉強中であった。それで、お君は、

「あわれ逢瀬《おうせ》の首尾あらば、それを二人が最期日《さいごび》と、名残りの文のいいかわし、毎夜毎夜の死覚悟、魂抜けてとぼとぼうかうか身をこがす……」

と、「紙治《かみじ》」のサワリなどをうたった。下手《へた》くそでもあったので、軽部は何か言いかけたが、しかし、満足することにした。

ある日、軽部の留守中、日本橋で聞いたんですがと、若い男が訪《たず》ねてきた。

「まあ、田中の新ちゃんやないの。どないしてたんや」

もと近所に住んでいた古着屋の息子の新ちゃんで、朝鮮の聯隊に入営していたが、昨日除隊になって帰ってきたところだという。何はともあれと、上るなり、

「嫁はんになったそうやな。なぜわいに黙って嫁入りしたんや」

と、新ちゃんは詰問《きつもん》した。かつて唇を三回盗まれたことがあり、体のことがなかったのは、たんに機会の問題だったと今さら口惜しがっている新ちゃんの肚《はら》の中などわからぬお君は、そんな詰問は腑《ふ》に落ちかねたが、さすがに日焼けした顔に泛《うか》んでいるしょんぼりした表情を見ては、哀れを催《もよお》したのか、天婦羅丼《てんぷらどん》を註文した。こんなものが食えるものかと、お君の変心を怒りながら、箸《はし》もつけずに帰ってしまった。そのことを夕飯のとき軽部に話した。

新聞を膝《ひざ》の上に拡げたままふんふんと聴いていたが、話が唇のことに触れると、いきなり、新聞がばさりと音を立て、続いて箸、茶碗、そしてお君の頬がぴしゃりと鳴った。声が先であとから大きな涙がぽたぽた流れ落ち、そんなおおげさな泣き声をあとに、軽部は憂鬱《ゆううつ》な散歩に出かけた。出しなに、ちらりと眼にいれた肩の線が何がなし悩ましく、ものの三十分もしないうちに帰ってくると、お君の姿が見えぬ。

火鉢の側に腰を浮かして半時間ばかりうずくまっていると、

「魂抜けて、とぼとぼうかうか……」

声がきこえ、湯上りの匂いをぷんぷんさせて、帰ってきた。その顔を一つ撲《なぐ》ってから、軽部は、

「女いうもんはな、結婚まえには神聖な体でおらんといかんのやぞ。キッスだけのことでも……」

言いかけて、お君を犯したことをふと想いだし、何か矛盾《むじゅん》めくことを言うようだったから、簡単な訓戒に止めることにした。

軽部はお君と結婚したことを後悔した。しかし、お君が翌年の三月男の子を産むと、日を繰《く》ってみて、ひやっとし、結婚してよかったと思った。生れた子は豹一と名づけられた。日本が勝ち、ロシヤが負けたという意味の唄がまだ大阪を風靡《ふうび》していたときのことだった。その年、軽部は五円昇給した。

その年の暮、二ツ井戸の玉突屋日本橋クラブの二階広間で広沢八助連中素人浄瑠璃大会が開かれ、聴衆約百名、盛会であった。軽部村彦こと軽部村寿はそのときはじめて高座に上った。はじめてのことゆえむろん露払いで、ぱらりぱらりと集りかけた聴衆の前で簾《すだれ》を下したまま語ったが、それでも沢正オ！　と声がかかったほどの熱演で、熱演賞として湯呑一個もらった。露払いをすませ、あと汗びしょのまま会の接待役としてこまめに立ち働いたのが悪かったのか、翌日から風邪をひいて寝こんだ。こじれて急性肺炎になった。かなりいい医者に診てもらったのだが、ぽくりと死んだ。涙というものは何とよく出るものかと不思議なほど、お君はさめざめと泣き、夫婦はこれでなくては値打がないと、ひとびとはその泣きぶりに見とれた。

しかし、二七日《ふたなのか》の夜、追悼《ついとう》浄瑠璃大会が同じく日本橋クラブの二階広間で開かれると、お君は赤ん坊を連れて姿を見せ、校長が語った「紙治」のサワリで、ぱちぱちと音高く拍手した。手を顔の上にあげ、人眼につき、ひとびとは顔をしかめた。軽部の同僚の若い教員たちは、何か肚の中でお互いの妻の顔を想い泛《うか》べて、ずいぶん頼りない気持を顔に見せた。校長はお君の拍手に満悦《まんえつ》したようだった。

三《み》七日《なのか》の夜、親族会議が開かれた席上、四国の田舎から来た軽部の父が、お君の身の振り方につき、お君の籍は金助のところへ戻し、豹一も金助の養子にしてもろたらどんなもんじゃけんと、渋い顔して意見を述べ、お君の意嚮《いこう》を訊《き》くと、

「私《あて》でっか。私はどないでもよろしおま」

金助は一言も意見らしい口をきかなかった。

いよいよ実家に戻ることになり、豹一を連れて帰ってみると、家の中は呆《あき》れるほど汚かった。障子の桟《さん》にはべたッと埃《ほこり》がへばりつき、天井には蜘蛛《くも》の巣がいくつも、押入れには汚れ物がいっぱいあった。……お君が嫁《とつ》いだ後、金助は手伝い婆さんを雇《やと》って家の中を任せていたのだが、選《よ》りによって婆さんは腰が曲り、耳も遠かった。

「このたびはえらい御不幸な……」

と挨拶《あいさつ》した婆さんに抱いていた子供を預けると、お君は一張羅《いっちょうら》の小浜縮緬《ちりめん》の羽織も脱がず、ぱたぱたとそこらじゅうはたきをかけはじめた。

三日経つと家の中は見違えるほど綺麗になった。婆さんは、じつは田舎の息子がと自分から口実

を作って暇をとった。ここは地獄の三丁目、の唄が朝夕きかれた。よく働いた。そんなお君の帰ってきたことを金助は喜んだが、この父は亀のように無口であった。軽部の死についてもついぞ一言も纏《まと》まった慰めをしなかった。

古着屋の田中の新ちゃんはすでに若い嫁をもらっており、金助の抱いて行った子供を迎えにお君が男湯の脱衣場へ姿を見せると、その嫁も最近生れた赤ん坊を迎えに来ていて、仲よしになった。雀斑《そばかす》だらけの鼻の低いその嫁と比べて、お君の美しさはあらためて男湯で問題になった。露骨《ろこつ》に俺の嫁になれと持ちかけるものもあったが、笑っていた。金助へ話をもって行くものもあった。その都度、金助がお君の意見を訊くと、例によって、

「私《あて》はどないでも……」

いいが、俺はいやだと、こんどは金助は話をうやむやに断った。

夏、寝苦しい夜、軽部の乱暴な愛撫《あいぶ》が瞼《まぶた》に重くちらついた。見習弟子はもう二十歳になっていて、白い乳房を子供にふくませて転寝《うたたね》しているお君の肢態に、狂わしいほど空しく胸を燃やしていたが、もともと彼は気も弱くお君も問題にしなかった。

五年経ち、お君が二十四、子供が六つの年の暮、金助は不慮の災難であっけなく死んでしまった。

その日、大阪は十一月末というのに珍しくちらちら粉雪が舞うていた。孫の成長とともにすっかり老いこみ耄碌《もうろく》していた金助が、お君に五十銭貰《もら》い、孫の手を引っぱって千日前の楽天地へ都築文男

一派の新派連鎖劇を見に行った帰り、日本橋一丁目の交叉点で恵美須町行きの電車に敷かれたのだった。救助網に撥《は》ね飛ばされて危うく助かった豹一が、誰に貰ったのか、キャラメルを手に持ち、ひとびとにとりかこまれて、わあわあ泣いているところを見た近所の若い者が、

「あッ、あれは毛利のちんぴらや」

と、自転車を走らせて急を知らせてくれ、お君が駆《か》けつけると、黄昏《たそがれ》の雪空にもう電気をつけた電車が何台も立往生し、車体の下に金助のからだが丸く転がっていた。

ぎゃッと声を出したが、不思議に涙は出ず、豹一がキャラメルのにちゃくちゃひっついた手でしがみついてきたとき、はじめて咽喉《のど》のなかが熱くなった。そして何も見えなくなった。やがて活気づいた電車の音がした。

その夜、近くの大西質店の主人が大きな風呂敷を持ってやってき、おくやみを述べたあと、

「じつは先達《せんだつ》てお君はんの嫁入りの時、支度の費用やいうて、金助はんにお金を御《ご》融通《ゆうずう》しましてん。そのとき預ったのが利子もはいってまへんので、もう流れてまんねんけど、何やこうお君はんの家では大切な品もんや思いまんので、相談《はなし》によっては何せんこともおまへん、と、こない思いましてな。いずれ電車会社の……」

慰謝金を少くも千円と見こんで、これでんねんと差し出した品を見ると、系図一巻と太刀一振であった。ある戦国時代の城主の血をかすかに引いている金助の立派な家柄がそれでわかるのだったが、はじめて見る品であった。金助からさような家柄についてついぞ一言もきかされたこともなく、

むろん軽部も知らず、軽部がそれを知らずに死んだのは彼の不幸の一つだった。お君にそれを知らさなかった金助も金助だが、お君もまたお君で、

「そんなもん私《あて》には要用《いりよう》おまへん」

と、大西主人の申出を断り、その後、家柄のことなど忘れてしまった。利子の期限云々《うんぬん》とむろん慾にかかって執拗《しつよう》にすすめられたが、お君は、ただ気の毒そうに、

「私にはどうでもええことでっさかい。それになんでんねん……」

電車会社の慰謝金はなぜか百円そこそこの零砕《れいさい》な金一封で、その大半は暇をとることになった見習弟子にくれてやる肚だった。

そんなお君に中国の田舎から来た親戚の者は呆れかえって、葬式、骨揚げと二日の務めをすますと、さっさと帰って行き、家の中ががらんとしてしまった夜、異様な気配にふと眼をさまして、

「誰？」

と暗闇《くらやみ》に声を掛けたが、答えず、思わぬ大金をもらって気が変になったのか強くなったのか、こともあろうにそれは見習弟子だとやがて判った。抗《あらが》ったが、なぜか体が脆《もろ》かった。

あくる日、見習弟子は不思議なくらいしょげ返ってお君の視線を避け、むしろ哀れであったが、夕方国元から兄と称する男が引取りに来ると、彼はほっとしたようだった。永々《ながなが》厄介《やっかい》な小僧をお世話様でしたのうと兄が挨拶《あいさつ》したあと、ぺこんと頭を下げ、

「ほんの心じゃけ、受けてつかわさい」

と、白い紙包を差し出して、こそこそ出て行った。

見ると、写本の書体で、ごぶつぜんとあり、お君がくれてやった金がそっくりそのままはいっていた。国へ帰って百姓すると言った彼の貧弱な体やおどおどした態度を憐み、お君はひとけのなくなった家の中の空虚さにしばらくはぽかんと坐ったきりであったが、やがて、

「船に積んだアら、どこまで行きゃアる。木津や難波《なんば》アの橋のしイたア」

と、哀調を帯びた子守唄を高らかに豹一に聴かせた。


上塩町地蔵路次の裏長屋に家賃五円の平屋を見つけて、そこに移ると、さっそく、裁縫教えますと小さな木札を軒先に吊るした。長屋の者には判読しがたい変った書体で、それは父親譲り、裁縫は、絹物、久留米物など上手とはいえなかったが、これは母親譲り、月謝五十銭の界隈《かいわい》の娘たち相手にはどうなりこうなり間に合い、むろん近所の仕立物も引き受けた。

慌《あわただ》しい年の暮、頼まれた正月着《はるぎ》の仕立に追われて、夜を徹《てつ》する日々が続いたが、ある夜更け、豹一がふと眼をさますと、スウスウと水洟《みずばな》をすする音がきこえ、お君は赤い手で火鉢《ひばち》の炭火を掘りおこしていた。戸外では霜の色に夜が薄れて行き、そんな母親の姿に豹一は幼心にもふと憐みを感じたが、お君は子供の年に似合わぬ同情や感傷など与《あずか》り知らぬ母だった。

「お君さんは運《かた》が悪うおますな」

と、慰め顔の長屋の女たちにも、

「しかたおまへん」

と、笑ってみせ、相つづく不幸もどこ吹いた風かといった顔だったから、愚痴の一つも聞いてやり、貰《もら》い泣きの一つぐらいはさしてもらいましょと期待した長屋の女たちは、何か物足らなかった。

大阪の町々の路次にはよく石地蔵が祀《まつ》られており、毎年八月末に地蔵盆《さん》の年中行事が行われた。お君の住んでいる地蔵路次は名前の手前もあり、よそに負けず盛大に行われた。と、いっても、むろん貧乏長屋のことゆえ、戸ごとに絵行灯をかかげ、狭苦しい路次の中で界隈の男や女が、

「トテテラチンチン、トテテラチン、チンテンホイトコ、イトハイコ、ヨヨイトサッサ」

と踊るだけのことだが、お君はむりをして西瓜《すいか》二十個寄進し、薦《すす》められて踊りの仲間に加った。お君が踊りに加《くわわ》ったため、夜二時までとの警察のお達しが明け方まで忘れられた。

相変らず、銭湯で水を浴びた。肌は娘のころの艶を増していた。ぬか袋を使うのかと訊《き》かれた。水を浴びてすくっと立っている眼の覚めるような鮮かな肢態に固唾《かたず》を呑むような嫉妬《しっと》を感じていた長屋の女が、ある時、お君の頸筋《くびすじ》を見て、

「まあ、お君さんたら、頸筋に生毛いっぱい……」

生えているのに気がついたのを倖《さいわ》い、おおげさに言うので、銭湯の帰り、散髪屋へ立ち寄ってあたってもらった。

剃刀《かみそり》が冷やりと顔に触れたとたん、どきッと戦慄《せんりつ》を感じたが、やがてさくさくと皮膚《ひふ》の上を走って行く快《こころよ》い感触に、思わず体が堅くなり、石鹸と化粧料の匂いの沁《し》みこんだ手が顔の筋肉をつまみ

あげるたびに、体が空を飛び、軽部を想いだした。

そのようなお君にそこの職人の村田は商売だからという顔をときどき鏡にたしかめてみなければならなかった。しかし、その後月に二回はかならずやってくるお君に、村田は平気でおれず、ある夜、新聞紙に包んだセルの反物を持って路次へやってきて、

「思いきって一張羅イをはりこみましてん。すんまへんがひとつ……」

縫うてくれと頼むと、そのままぎこちない世間話をしながらいつまでも坐りこみ、お君を口説《くど》く機会を今だ今だと心に叫んでいたが、そんな彼の肚《はら》を知ってか知らずにか、お君は長願寺の和尚《おっ》さんももう六十一の本卦ですなというつまらぬ話にも、くるりくるりと綺麗な眼玉を廻して、けらけら笑っていた。豹一は側に寝そべっていたが、いきなり、つと起き上ると、きちんと両手を膝に並べて、村田の顔を瞶《みつ》め、何か年齢を超えて挑《いど》みかかってくる視線だと、村田は怖れ見た。

やがて村田は自身の内気を嘲《あざけ》りながら帰って行った。路次の入口で放尿《ほうにょう》した。その音を聞きながら、豹一はごろりと横になった。

二

豹一は早生れだから、七つで尋常《じんじょう》一年生になった。学校での休憩時間には好んで女の子と遊んだ。

少女のようにきゃしゃな体の色白のこぢんまり整った顔は女教師たちに可愛がられていたが、自分の身なりのみすぼらしさを恥じていた。

はにかみ屋であったが、一週間に五人ぐらい、同級の男の子が彼に撲《なぐ》られて泣いた。子供にしてはあまり笑わず、泣けば自分の泣き声に聴き惚れているかのような泣き方をした。泣き声の大きさは界隈《かいわい》の評判で、やんちゃ坊主であった。路地の井戸端に祀《まつ》られた石地蔵に、あるとき何に腹立ってか、小便をひっかけた。お君は気の向いた時に叱った。

豹一は近くの長願寺の和尚に将棋《しょうぎ》を習った。和尚は無類のお人よしであったが、将棋好きのためしばしば人にきらわれた。助言をしたといってはその男と一週間も口を利かず、奇想天外の手やと言って第一手に角の頭の歩を突くような嫌味な指し方をしたり、賭《か》けないと気が乗らぬとて煙草でも賭けると、たった胡蝶やカメリヤ一個のことで生死を賭けたような汚い将棋をし、負けると破産したような顔で相手を恨《うら》むといった風で、もともと上手とはいえないし誰にも敬遠されて、相手のないところから、ちょくちょく境内《けいだい》の蓮池の傍へ遊びに来る豹一に教えてやることにしたのだ。

筋がよいのか最初歩三つが一日経つと角落ちになり、やがて平手で指せた。ある日、和尚は、

「豹ぼん。何ぞ賭けんとおもろないな。和尚《おっ》さんは白餡《しろあめ》いりの饅頭《おまん》六つ賭けるさかい、豹ぼんは……」

何も賭けるものがないので、負けたら蓮池から亀の子を掴《つか》まえて、和尚にくれてやることにした。実力以上の長考をしたが、ハメ手に掛って負けた。

夕闇の色を吸いこんで静まりかえった蓮池の面を瞶《みつ》め、豹一はいつまでも境内にいた。和尚は檀家へ出かけた。将棋は負けても、亀の子を掴まえるのは上手だと豹一は力んだが、空しくあたりはすっかり夜が落ち、木魚《もくぎょ》の音を悲しく聞いた。亀の子がなかなか掴まらぬのですっかり自信をなくし、胸が苦しく焦《あせ》り騒《さわ》いで、半分泣いた。ふと、自分を呼ぶ声にうしろ向くと、

「ごはんも食べんと何してるのや」

門のところで母親が怖い顔して睨《にら》んでいた。

「亀とろ思てるのや」

と言うと、

「あほんだらやな」

と叱《しか》られ、それで存分に泣き声を出した。泣くととまらぬいつもの癖で、まるで泣き声で顔を撲《なぐ》られている気がお君はして、

「泣きやまんと、池の中に放りこんだるぞ。かめへんか」

「かめへんわい。放りこんだら着物よごれて、母ちゃんが洗濯《せんたく》せんならんだけや。そないなったら困るやろ」

困るもんかと、豹一を抱きかかえて、お君は池の泥水へどぶんとつけた。豹一は手をばたばたさせ、半分は亀の子を探す手つきだった。引き揚げて家へ連れ戻ると、お君は盥《たらい》を持ちだした。

八つの時、学校から帰ると、いきなり、仕立ておろしの久留米《くるめ》の綿入を着せられた。筒《つつ》っぽの袖《そで》に鼻をつけると、紺《こん》の匂いがぷんぷん鼻の穴にはいってきて、気取り屋の豹一には嬉《うれ》しい晴着だったが、さすがに有《う》頂天《ちょうてん》になれなかった。お君はいつになく厚化粧し、その顔を子供心にも美しいと見たが、なぜかうなずけなかった。仕付糸をとってやりながら、

「向う様《さん》へ行ったら行儀ようするんやぜ」

お君は常の口調だったが、豹一は何か叱られていると聴いた。

路次の入口に人力車が三台来て並ぶと、母の顔は瞬間面《めん》のようになり、子供の分別ながらそれを二十六歳の花嫁の顔と見て、取りつく島もないしょんぼりした気持になった。火の気を消してしまった火鉢の上に手をかざし、張子の虎のように抜衣《ぬきえ》紋《もん》した白い首をぬっと突き出して、じじむさい恰好《かっこう》で坐っているところを、豹一は立たされ、人力車に乗せられた。見知らぬ人が前の車に、母はその次に、豹一はいちばん後の車。一人前の車の上にちょこんと収っている姿をひねてると思ったか、車夫は、

「坊《ぼ》ん坊ん、落ちんようにしっかり掴《つか》まってなはれや」

その声に母はちらりと振り向いた。もう日が暮れていた。

「落《お》てへんわい」

と、豹一はわざとふざけた声で言い、その声が暗闇の中に消えて行くのをしんみり聴いた。ふわりと体が浮いて、人力車は走りだした。だんだん暗さが増した。

ひっそりとした寺がいくつも並んだ寺町を通るとき、木犀《もくせい》の匂いがした。豹一は眩暈《めまい》がし、一つにはもう人力車に酔うていたのだ。梶棒《かじぼう》の先につけた提灯《ちょうちん》の光が車夫の手の静脈を太く浮び上らしていた。尋常二年の眼で提灯に書かれた「野瀬」の二字を判読しようとしていたが、頭の血がすうすう引いて行くような胸苦しさで、困難だった。その夜一人で寝た。

蒲団《ふとん》についたナフタリンの匂いが母親のいない淋《さび》しさをしみじみ感じさせ、泣くまいとこらえる努力でよけい涙が出た。母は階下の部屋で見知らぬ人といた。野瀬安二郎だとあとで分った。

野瀬安二郎は谷町九丁目いちばんの金持と言われ、慾張りとも言われた。高利貸をして、女房を三度かえ、お君は四度目の女房だった。ことし四十八歳の安二郎がお君を見染めて、縁談を取りきめるまでには、たいした手間は掛らなかった。

「私《あて》でっか。私はどないでもよろしおま」

しかし、お君はさすがに、豹一が小学校を卒業したら中学校へやらせてくれと条件をつけ、これはけちんぼな安二郎にはちくちく胸いたむ条件だったが、お君の肩はあまりにも柔かそうでむっちり肉づいていた。

安二郎には子供がなく、さきの女房を死なせると、すぐ女中を雇《やと》って炊事をやらせるほか女房の代りも時にはさせていたが、お君が来ると、とたんに女中を追いだし、こんどはお君が女中の代りとなった。彼は一銭の金もお君の自由に任せず、毎日の市場行きには十銭、二十銭と端金を渡し、帰ると、釣銭を出させた。時には自分で市場へ行き、安鰯《いわし》を六匹ほど買うてきて、自分は四匹、あとお君と豹一に一匹ずつ与えた。いつか集金に行って乱暴されたことがあってから山谷という破戒僧面をした四十男を雇って集金に廻らしていたが、むろん山谷は手弁当で、安二郎のところで昼食すら出されたことはなかった。

ある日、山谷は豹一に、

「坊ん坊ん。ええもん見せたろ」

こっそり見せてくれたのは、あくどい色のついた小さな絵だった。そして山谷は、お君と安二郎にその絵を結びつけ、口に泡をためて淫《みだ》らな話をした。いきなり、豹一はぎりぎり歯軋《はぎし》りし、その絵を破ってしまった。

「何すんねん」

山谷が驚いて豹一の顔を見ると、怖いほど蒼白《あおじろ》み、唇に血がにじんでいた。子供に似合《にあ》わぬ恨《うら》みの眼がぎらぎらしていた。

誇張《こちょう》していえば、その時豹一の自尊心は傷ついた。また、しょんぼりした。辱《はず》かしめられたと思い、性的なものへの嫌悪《けんお》もこのとき種を植えつけられた。敵愾心《てきがいしん》は自尊心の傷から膿《う》んだ。安二郎を見る眼つきが変った。安二郎の背中で拳骨を振りまわした。憂鬱《ゆううつ》にもなった。母は毎晩安二郎の肩をいそいそと揉《も》んだ。

豹一は一里以上もある道を築港《ちっこう》まで歩いて行き、黄昏《たそが》れる大阪湾を眺めて、夕陽を浴びて港を出て行く汽船にふと郷愁を感じたり、訳もなく海に毒づいたりした。

ある日、港の桟橋《さんばし》で、ヒーヒー泣き声を出したい気持をこらえて、その代り海に向って、

「ばか野郎」

と呶鳴《どな》り、誰もいないと思ったのが、釣りをしていた男がいきなり振り向いて、

「こら、何ぬかす」

そして白眼をむいている表情が生意気だと撲《なぐ》られた。泣きながら一里半の道をとぼとぼ歩いて帰った。家へはいると、安二郎は風呂銭を節約《しまつ》しての行水《ぎょうずい》で、お君は袂《たもと》をたくしあげて背中を流していた。それがすむとお君が行水し、安二郎は男だてらにお君の背中を流した。そのあと、豹一がはいる番だが、豹一は狸寝入りして、呼ばれても起きなかった。

だんだんに憂鬱な少年となり、やがて小学校を卒業した。あらためてお君が中学校へ入れてくれるようにと安二郎に頼んだが、安二郎はとぼけてみせた。軽部が中等学校教員になりたがっていたことなどもにわかに想いだして、お君はすっかり体の力が抜け、ひっそりと暮した。豹一の優等免状などを膝《ひざ》の上に拡げているのだった。物も言わずに突き膝で箪笥《たんす》の方へにじり寄り、それをしまいこむその腰のあたりを見ると、安二郎はなぜかおかしいほど狼狽《ろうばい》して、しぶしぶ承知した。豹一はやがて中学校にはいったのだが、しかし安二郎は懐《ふところ》を傷めなかった。お君は毎日どこからか仕立物を引き受けてきて、その駄賃《だちん》で豹一の学資を賄《まかな》った。賃仕事だけでは追っつかず、自分の頭のものや着

物を質に入れたり、近所の人に一円、二円と金を借りたりした。高利貸の御寮はんが他人《ひと》に金を借りるのはおかしいやおまへんかと言われた。

　中学生の豹一は自分には許嫁《いいなずけ》があるのだと言い触らした。哀れな弱小感に箔《はく》をつけたのだった。周囲を見わたしてみて誰も彼も頭の悪い少年だとわかると、ほっとした。しかし自分の頭のよさにはひどく自信がなかった。だから、たいした苦労もせずに首席になれた時、何かの間違いではないかと思った。クラスの者は彼の頭脳に敬服し、怖れをなしていたが、豹一には人から敬服されるなど与《あずか》り知らぬところだった。だから、自分でもしばしば首席だということを顧《かえり》みる必要があった。言いふらした。いつか「首席」が渾名《あだな》になった。いわば首席の貫禄《かんろく》がなかったのだ。ふと母親のことや山谷に見せられた怪しい絵のことを想いだすと、

「こんど誰が二番になるやろな」

　クラスの者を掴《つか》まえて言った。そんな風に首席に箔をつけたがるので、皆はいつかそれをメッキだと思いこんだ。点取虫だと言われて、はっと気がつくと、豹一はもう「首席」という渾名に芸もなくやに下っていられなくなり、自分が勉強もろくろくせずに首席になれたことを皆に思いこませようとした。試験の前日にはかならず新世界の第一朝日劇場へ出かけてマキノ輝子の映画を見、試験の日にそのプログラムの紙を持ってきてみせた。それで最初何か自信のなさから来る謙遜《けんそん》めいたものを豹一に見ていた者も、否応なしに傲慢《ごうまん》だと思わされた。

やがてクラスの者に憎まれた。しかし彼の敵愾心《てきがいしん》は人々を最初から敵《てき》と決めていたから、憎まれてかえってサバサバと落着いた。美貌に眼をつけた上級生が無気味な媚《こび》で近寄ってくると、かえってその愛情に報《むく》いる方法を知らぬ奇妙な困惑《こんわく》に陥《おちい》った。

ずっと首席を続けて三年生になった。ある日の放課後、クラスの者たち全部からとりまかれ、点取虫のくせに生意気やぞと鉄拳制裁《てっけんせいさい》をされた。三十人ほど相手に奮闘したが、結局無暴だった。鼻血をふきだしながら白い眼をむいていた。鼻の穴に紙きれを突っ込んだ妙な顔を職員便所の鏡にうつしてみて、今に見ろと叫んだ。それから十日ほど経ち、学期試験が始った。泡喰って問題用紙にしがみついているクラスの者の顔を何とあさましいと見たとたん、いきなり敵愾心《てきがいしん》が頭をもたげて、ぐっと胸を突き上げた。ざまあ見ろと書きかけた答案を消し、白紙のままで出し、胸を張って教室を出た。はじめてほのぼのとした自尊心の満足があった。落第した。

二度目の三年の時、教室でローマ字を書いた名を二つ並べ、同じ字を消して行くという恋占いが流行《はや》った。黒板が盛んに利用され、皆が公然《おおびら》に占っているのを、除《の》け者の豹一はつまらなく見ていたが、ふと誰もが一度は水原紀代子という名を書いているのに気がついたとたん、眼が異様に光った。最も成績の悪い男を掴《つか》まえ、相手にはまるで何を訊こうとしているのかわからぬ廻りくどい調子で半時間も喋《しゃべ》りたてたあげく、水原紀代子に関する二三の知識を得た。大軌《だいき》電車沿線のS女学校生徒だと知ったので、その日の午後授業をサボって上本町六丁目の大軌電車構内へ駆《か》けつけた。二時間ばかり辛抱強く待って、やっと改札口から出てくる紀代子の姿を見つけることができた。教えられた臙脂《えんじ》の風呂敷と非常に背が高くてスマートだという目印でそれと分り、何がS女学校第一の美人だ、笑わせよると思ったが、しかしおおげさに大阪じゅうの中学生の憧《あこが》れの的《まと》だと憧れている点を勘定に入れて、美人だと決めることにした。一般的見解に従ったまでだが、しかし碧《あお》く澄みきった眼は冷く輝いていて、近眼であるのにわざと眼鏡を掛けないだけの美しさはあった。二時間もしびれを切らしていたことが弾《はず》みをつけるのに役立って、つかつかと傍へ近寄ると、

「卒爾《そつじ》ながら伺《うかが》いますが、あなたは水原紀代子さんですか」

　できるだけ月並でないもったいぶった言い方をと考えあぐんだ末の言葉であったから、紀代子も瞬間呆れたが、しかしそんなことはたびたびあることだから、たいして赧《あか》くもならずに、

「はあ」

　と答え、そして、どうせ手紙を渡すのだったらどうぞ早くと彼を見た。その事務的な表情を見ては、さすがに豹一は続いて言葉が出ず、いきなり逃げだして、われながら不態《ぶざま》だった。

　不良中学生にしては何と内気なと紀代子は笑ったが、彼の美貌はちょっと心に止った。誰それさんならミルクホールへ連れて行って三つ五銭の回転焼を御馳走したくなるような少年やわと、ニキビだらけのクラスメートの顔をちらと想い泛《うか》べた。しかし私は違う。彼女は来年十八歳で学校を出ると、いま東京帝国大学の法学部にいる従兄と結婚することになっており、十六の少年など十も年下に見える姉さん面が虚栄の一つだった。それゆえ、その翌日から三日も続けて、上本町六丁目から小橋西之町への鋪道を豹一に跟《つ》けられると、半分はうるさいという気持から、いきなり振り向いて、

「何か用ですの」

と、きめつけてやる気になった。三日間尾行するよりほかに物一つ言えなかった弱気のために自嘲していた豹一の自尊心は、紀代子からそんな態度に出られて、本来の面目を取り戻した。ここでおどおどしては俺もお終いだと思うと、眼の前がカッと血色に燃えて、

「用って何もありません。ただ歩いているだけです」

呶《ど》鳴《な》るように言うと、紀代子もぐっと胸に来て、

「うろうろしないで早く帰りなさい」

その調子を撥《は》ね飛ばすように豹一は、

「勝手なお世話です」

「子供のくせに……」

と言いかけたが、巧い言葉が出ないので、紀代子は、

「教護聯盟にいいますよ」

と、近ごろ校外の中等学生を取締っている役人を持ちだした。

「いいなさい」

「強情ね、いったい何の用」

「用はない言うてまんがな。分らん人やな」

大阪弁が出たので、紀代子はちらと微笑し、

「用がないのに跟《つ》けるのん不良やわ。もう跟けんときでね。学校どこ？」

「帽子見れば分りまっしゃろ」

「あんたとこの校長さん知ってるわ」

「いいつけたらよろしいがな」

「いいつけるよ。本当に知ってんねんし。柴田さんいう人でしょう」

「スッポンいう渾名《あだな》や」

いつの間にか並んで歩きだしていた。家の近くまで来ると、紀代子は、

「さいなら。今度跟けたら承知せえへんし」

まず成功だったといえるはずだのに、別れぎわの紀代子の命令的な調子にたたきつけられて、失敗だと思った。しかし、失敗ほどこの少年を奮《ふる》いたたせるものはないのだ。翌日は非常な意気ごみで紀代子の帰りを待ち受けた。前日の軽はずみをいささか後悔していた紀代子は、もう今日は相手にすまいと思ったが、しかし今日こそ存分にきめつけてやろうという期待に負けて、並んで歩いた。そして、結局は昨日に比べてはるかに傲慢《ごうまん》な豹一に呆《あき》れてしまった。彼女の傲慢さの上を行くほどだったが、しかし彼女は余裕綽々《よゆうしゃくしゃく》たるものがあった。豹一の眼が絶えず敏感に動いていることや、理《わ》由《け》もなくぱッと赧《あか》くなることから押して、いくら傲慢を装《よそお》っても、もともと内気な少年なんだと見抜いていたのだ。文学趣味のある彼女は豹一の真赤に染められた頬を見て、この少年は私の反撥心《はんぱつしん》を憎悪に進む一歩手前で喰い止めるために、しばしば可愛い花火を打ち上げると思った。なお、この

少年は私を愛していると己惚《うぬぼ》れた。それをこの少年から告白させるのはおもしろいと思ったので、彼女はその翌日、例のごとく並んで歩いた時、

「あんた私《うち》が好きやろ」

しかし、

「嫌いやったら、いっしょに歩けしまへん」

と、期待せぬ巧妙な返事にしてやられた。

「けったいな言い方やねんなあ。嫌いやのん、それとも好きやの。どっちやの」

好きでもないのに好いてると思われるのは癪《しゃく》で、豹一は返答に困った。しかし、嫌いだというのは打《ぶ》ち壊《こわ》しだ。そう思ったので、

「『好き』や」

好きという字にカッコをつけた気持で答えた。それで、紀代子ははじめて豹一を好きになる気持を自分に許した。

一週間経ったある日、八十二歳の高齢で死んだという讃岐国某尼寺の尼僧のミイラが千日前楽天地の地下室で見世物に出されているのを、豹一は見に行った。女性の特徴たる乳房その他の痕跡歴《こんせきれき》然《ぜん》たり、教育の参考資料だという口上に惹《ひ》きつけられ、歪《ゆが》んだ顔で見た。ひそかに抱いていた性的なものへの嫌悪に逆に作用された捨鉢《すてばち》な好奇心からだった。自虐《じぎゃく》めいたいやな気持で楽天地から出てきたとたん、思いがけなくぱったり紀代子に出くわしてしまった。変な好奇心からミイラなどを見

てきたのを見抜かれたとみるみる赧《あか》くなった。近眼の紀代子は豹一らしい姿に気づくと、確めようとして眉の附根を引き寄せて、眼を細めていた。そんな表情がいっそう豹一の心を刺した。胃腸の悪い紀代子はかねがね下唇をなめる癖があり、この時もおや花火をあげてると思ってなめていた。いきなり、豹一は逃げだした。

　あんな恥かしいところを見られたので自分は嫌われたと思いこむと、豹一はもう紀代子に会う勇気を失ってしまった。豹一が二三日顔を見せないので、彼女は物足らなかった。楽天地の前で豹一が物も言わずに逃げて行ったことも気に掛った。あんなに仲よくしていたのに、ひょっとしたら嫌われたのではないかと心配して、やがて十日も顔を見ないと、もう明らかに豹一を好いてる気持を否定しかねた。だから、二週間ほど経って、ふと彼の姿を見つけると、ほッとしてずいぶんいそいそした。しかるに豹一は半分逃足だった。会わす顔もないと思っていたところを偶然出くわしたので、まごまごしていた。いきなり逃げだそうとしたその足へ、とたんに自尊心が蛇のように頭をあげてきて、からみついた。あんな恥かしいところを見られたのだから名誉を回復しなければならない。からくも思い止って、豹一はいやによそよそしくした。そんな態度を見て、紀代子はいよいよ嫌われたという想いで、いっそう好いてしまった。それで、その日の別れぎわ、明日の夕方生国魂神社の境内《けいだい》で会おうと、断られるのを心配しながら豹一がびくびくしながら言いだすと、まるで待っていたかのように嬉《うれ》しく承諾し、そして約束の時間より半時間も早く出かけて待っていた。

　その夕方、豹一は簡単に紀代子と接吻した。女めいた口臭をかぎながらちょっとした自尊心の満足があった。けれども、紀代子が拒《こば》みもしないどころか、背中にまわした手にぐいぐい力をいれてくるのを感ずると、だしぬけに気が変った。物も言わずに突き放して、立ち去った。ふと母親のことを思ったそんな豹一の心は紀代子にはわからず、綿々《めんめん》たる情を書き綴《つづ》った手紙を豹一に送った。豹一はそれを教室へ持参し、クラスの者に見せた。彼らはかねてこのことあるを期待していたが、見せられると偽《にせ》の手紙やろ。お前が書いたんと違うかと言わざるを得なかった。豹一は同級生がこっそり出していた恋文を紀代子からむりやりに奪い取って、それを教室で朗読した。鉄拳制裁を受けた。なおそれが教師に知れて一週間の停学処分になった。

同級生に憎まれながらやがて四年生の冬、京都高等学校の入学試験を受けて、苦もなく合格した。憎まれていただけの自尊心の満足はあった。けれども、高等学校へはいって将来どうしようという目的もなかった。寄宿舎へはいった晩、先輩に連れられて、円山公園へ行った。手拭《てぬぐい》を腰に下げ、高い歯の下駄をはき、寮歌をうたいながら、浮かぬ顔をしていた。秀才の寄り集りだという怖れで眼をキョロキョロさせ、競争意識をとがらしていたが、間もなくどいつもこいつも低脳だとわかった。中学校と変らぬどころか、安っぽい感激の売出しだ。高等学校へはいっただけでもう何か偉い人間だと思いこんでいるらしいのがばかばかしかった。官立第三高等学校第六十期生などと名刺に印刷している奴を見て、あほらしいより情けなかった。

入学して一《ひと》月も経たぬうちに理由もなく応援団の者に撲《なぐ》られた。記念祭の日、赤い褌《ふんどし》をしめて裸体で踊っている寄宿生の群れを見て、軽蔑《けいべつ》のあまり涙が落ちた。どいつもこいつも無邪気さを装って観衆の拍手を必要としているのだ。けれども、そう思う豹一にももともとそれが必要だったのだ。記念祭の夜応援団の者に撲られたことを機縁として、五月二日、五月三日、五月四日と記念祭あけの三日間、同じ円山公園の桜の木の下で、次々と違った女生徒を接吻してやった。それで心が慰まった。高校生に憧《あこが》れて簡単にものにされる女たちを内心さげすんでいたが、しかし最後の三日目もやはり自信のなさで体が震《ふる》えていた。唄ってくれと言われて、紅燃ゆる丘の花と校歌をうたったのだが、ふと母親のことを頭に泛《うか》べると涙がこぼれた。学資の工面に追われていた母親のことが今はじめて胸をちくちく刺した。その泪《なみだ》だった。そんな豹一を見て、女は、センチメンタルなのね。肩に手を掛けた。豹一はうっとりともしなかった。間もなく退学届を出した。そして大阪の家へ帰った。

三

学校をやめたと聞いて、

「やめんでもええのに。しやけど、お前がやめよう思うんやったら、そないしたらええ」

と、お君は依然《いぜん》としてお君であったが、しかし、お君の眼のまわりが目立って黝《くろず》んでいた。仕立物の賃仕事に追われていたことが悲しいまでにわかり、思いがけなく豹一は涙を落したが、なぜかその目のふちの黝さを見て、安二郎を恨《うら》む気持が出た。安二郎はもう五十になっていたが、醜く肥満し

て、ぎらぎら油ぎっていた。相変らず、蓄財に余念がなかった。お君が豹一に小遣いを渡すのを見て、

「学校やめた男に金をやらんでもええやないか」

そして、お君が賃仕事で儲《もう》ける金をまきあげた。豹一が高等学校へはいるとき、安二郎はお君に五十円の金を渡した。貰《もら》ったものだと感謝していたところ、こともあろうに、安二郎はそれを高利で貸したつもりでいたのだ。

豹一は毎朝新聞がはいると、飛びついて就職案内欄を見た。履歴書を十通ばかり書いたが、面会の通知の来たのは一つだけで、それは江戸堀にある三流新聞社だった。受付で一時間ばかり待たされているとき、ふと円山公園で接吻した女の顔を想いだした。庶務課長のじろりとした眼を情けなく顔に感じながら、それでも神妙にいろいろ受け応えし、採用と決った。けれども、翌日行ってみると、やらされた仕事は給仕と同じことだった。自転車に乗れる青年を求むという広告文で、それと察しなかったのは迂闊《うかつ》だった。新聞記者になれるのだと喜んでいたのに、自転車であちこちの記者クラブへ原稿を取りに走るだけの芸だった。何のことはないまるで子供の使いで、社内でも、おい子供、原稿用紙《かみ》だ、給仕、鉛筆削れと、はっきり給仕扱いでまるで目の廻わるほどこき扱われた。一日で嫌気がさしてしまったが、近いうちに記者に昇格させてやると言われたのを当てにして、毎日口惜し涙を出しながら出勤した。一つにはそこをやめてほかに働くところもありそうになかったからだ。

ある日、給仕のくせに生意気だと撲《なぐ》られた。三日経つと、社内で評判の美貌《びぼう》の交換手を接吻した。

最初の月給日、さすがにお君の喜ぶ顔を想像していそいそと帰ってみると、お君はいなかった。警

察から呼出し状が出て出頭したということだった。三日帰ってこなかった。何のための留置《りゅうち》かわからなかったが、やつれはてて帰ってきたお君の話で、安二郎の脱税に関してだとわかった。それならば安二郎が出頭しなければならぬのにと豹一は不審に思った。だんだんに訊いてみると、安二郎は偽《に》せの病気を口実にお君を出頭させたのだとわかった。そんなばかなことがあるかと安二郎に喰ってかかると、

「生意気ぬかすな。わいが警察へ行くのもお君が行くのも同じこっちゃ。夫婦は一心同体やぜ」

子供にいいきかすような口調だった。

「そんならなぜお母はんに高利の金を貸すんです?」

と、豹一が言うと、

「わいに文句あるんやったら出て行ってもらおう」

母親もいっしょにと思ったが、豹一はひとりで飛びだしてしまった。出て行きしな、自分の力で養えるようになったらきっと母を連れに来ますと、集金人の山谷に後のことを頼んだ。かねがね山谷はお君に同情めいた態度を見せ、度を過ぎていると豹一は苦々《にがにが》しかったが、さすがに今はくれぐれも頼みますと頭を下げた。便所でボロボロ涙をこぼした。そして、泣いて止めるお君を振りきって家を飛びだした。

その夜は千日前の安宿に泊った。朝、もう新聞社へ行く気もしなかった。毎日就職口を探して歩い

たが、家出した男を雇《やと》ってくれるところもなかった。月給袋のなかの金が唯一の所持金だったが、だんだんにそれもなくなって行った。半分は捨鉢《すてばち》な気持で新聞広告で見た霞町のガレーヂへ行き、円タク助手に雇われた。ここでは学歴なども訊かれず、かえってさばさばした気持だった。しかし、一日に十三時間も乗り廻すので、時々目が眩《くら》んだ。ある日、手を挙げていた客の姿に気づかなかったと、運転手に撲《なぐ》られた。翌日、その運転手が通いつめていた新世界の「バー紅雀《べにすずめ》」の女給品子は豹一のものになった。むろん接吻はしたが、しかしそれだけに止まった。それ以上女の体に近づけない豹一を品子は狂わしくあわれんだが、しかし、豹一は遠くで鳴っている支那そば屋のチャルメラの音に思いがけず母親の想出にそそられて、歪《ゆが》んだ顔で品子に抗《あらが》った。

　運転手に虐待《ぎやくたい》されても相変らず働いていたのは品子をものにしたという勝利感からであったが、ある夜更《よふ》け客を送って飛田遊廓の××楼まで行くと、運転手は、

「どや、遊んで行こうか。ここは飛田《びた》一の家やぜ」

　どうせ朝まで客は拾えないし、それにその日雨天のため花火は揚らなかったが廓《くるわ》の創立記念日のことであるし、なんぞええことやるやろと登楼を薦《すす》めた。むろん断ったが、十八にもなってと嘲《あざけ》られたのがぐっと胸に来て登楼《あが》った。長崎県五島の親元へ出す妓《おんな》の手紙を代筆してやりながら、いろいろ妓の身の上話を聞いた。話は結局こういう生活をどう思うかというところに落着いたが、妓が金に換算される一種の労働だと思い諦《あきら》めているのを知って、だしぬけに豹一の心は軽くなった。今まで根強く嫌悪していたものが、ここでは日常茶飯事として簡単に取引きされていたのだ。そういう

ことへの嫌悪にあまりに憑《つ》かれていた自分があほらしくなった。豹一ははじめて女を知った。けれども、さすがに窓の下を走る車のヘッドライトが暗闇の天井を一瞬明るく染めたのを見ると、慟哭《どうこく》の想いにかられた。

どういう心の動きからか、豹一はその後妓のところへしげしげと通った。工面して通う自分をあさましいと思った。なぜ通うのか訳がわからなかった。惚《ほ》れているという単純な言葉がなかなか思いつかなかった。嫌悪しているものに逆に引きつけられるという自虐のからくりには気がつかなかった。ある朝、妓が林檎をむいてくれるのを見て、胸が温《あたたま》った。無器用な彼は林檎一つむけず、そんな妓の姿に涙が出るほど感心し、またいじらしくもあり、年期明けたら夫婦になろうと簡単に約束した。

こんなことではいつになったら母親を迎えに行けるだろうかと、情けない想いをしながら相変らず通っていたが、妓は相手もあろうに「疳《かん》つりの半」という博奕打《ばくちう》ちに落籍《ひか》されてしまった。「疳つりの半」は名前のごとく始終体を痙攣《けいれん》させている男だが、なぜか廓の妓たちに好かれて、彼のために身を亡《ほろぼ》した妓も少くはなかった。豹一は妓の白い胸にあるホクロ一つにも愛惜を感じる想いで、はじめて嫉妬《しっと》を覚えた。博奕打ちに負けたと思うと、血が狂暴に燃えた。妓が「疳つりの半」に誘惑された気持に突き当ると、表情が蒼凄《あおすご》んだ。不良少年と喧嘩《けんか》する日が多くなった。そして、博奕打ちに特有の商人コートに草履《ぞうり》ばきという服装の男を見ると、いきなりドンと突き当り、相手が彼の痩《や》せた体をなめて掛ってくると、鼻血が出るまで撲《なぐ》り合った。

ある日、そんな喧嘩のとき胸を突かれて、げッと血を吐いた。新聞社にいたころから時々自転車の上で弱い咳《せき》をしていたが、あれからもう半年、右肺尖カタル、左肺浸潤《しんじゅん》と医者が即座にきめてしまったほど、体をこわしていたのだった。ガレージの二階で低い天井を睨《にら》んで寝ていたが、肺と知って雇主も困り、

「家があるんやったら知らせたらどないや」

待っていましたとばかり、母親に手紙を書いた。不甲斐《ふがい》ない人間と笑ってください。どうせ今まで何一つ立派なこともしてこなかった体、死んでお詫《わ》びしたくとも、やはり死ぬまで一眼お眼に掛りたく……。最後の文句を口実に、自嘲しながら書いた。さっそくお君が飛んでくると思っていたのに、速達で返事が来た。裏書きが毛利君《きみ》となっており、野瀬君《きみ》でないのに、はっと胸を突かれた。行きたいけれど行けぬ。お前に会わす顔のない母です。恨《うら》んでくれるな。腑《ふ》に落ちかねる手紙だった。手紙と一足違いに意外にも安二郎が迎えに来た。

安二郎の顔を見て、豹一は呆気にとられてしまい、しばらくは口も利けなかったが、

「じつはお前の母親のことやが……」

と、わざとお君とも女房とも言わずに話しだした安二郎の話を聞いて、事情がわかった。

安二郎の話によると、集金人の山谷はお君を犯したのだった。豹一が家出してからのお君の空虚な心に山谷が醜くつけこんだと、豹一にも想像がつき、聞くなり悲しく顔が歪《ゆが》んだ。しかし、安二郎

の表情はもっと歪んでいた。むろん山谷を追いだしたのだが、山谷のねっとりと油の浮いたような顔は安二郎の頭を絶えず襲ってきた。安二郎の顔にはみるみる懊悩《おうのう》の色が刻みこまれた。罵倒《ばとう》してみても、撲ってみても心が安まらなかった。安二郎は五十面下げて嫉妬《しっと》に狂いだしていた。お君がこっそり山谷に会わないだろうかと心配して、市場へ行くのにもあとを尾行《つけ》た。なお、自分でも情けないことだが、何かにつけてお君の機嫌をとるのだった。安二郎もどうやら痩せてきた。貸金の取りたてに走り廻っている留守中、お君が山谷に会っているかもしれないと思うと、もう慾も得もなく、集金の途中で帰ってしまうのだった。――そんな安二郎の苦悩はいま豹一は隅々まで読みとれた。

「じつはお前の居所を知りとうてな。探してたんや。新聞広告出したん見《め》えへんかったんか」

と言い、そして家へ帰って、お君によくいいきかせ、なお監視してくれと頼む安二郎を、豹一は、ざまあ見ろと思った。けれども、そんな安二郎を見るにつけ、××楼の妓に嫉妬《しっと》した自分の姿を想い知らされてみると、この男も人間らしくなったと、何か安二郎に同情した。思わぬ豹一に同情されて、安二郎は豹一が病気でなければいっしょに酒を飲みたいくらいの気持を芸もなく味わされ、意外な父子の対面だった。

お君は紙のように白い豹一の顔を見たとたんに、おろおろと泣いた。円タクの助手をやったと聞かされ、それが自分のせいのように自責を感じ、

「みんな私が悪かったのや、私の軽はずみを嗤《わら》っとくれやす」

と、顔もよう見ないで言った。着物の端を引っぱり、ひっぱりして、うなだれているお君を見て、

豹一は、
「何も母はんが悪いのんと違う。家出した僕が悪いのや。気を落したらあきまへん」
と慰め、女の生理の脆《もろ》さが苦しいまでに同情された。

ガレーヂの二階で寝ていたころとはすっかり養生の状態が変った。お君は自分の命をすりへらしてもと、豹一の看病に夜も寝なかった。自分をつまらぬ者にきめていた豹一は、放浪の半年を振りかえってみて、そんな母親の愛情が身に余りすぎると思われ、涙脆く、すまない、すまないと合掌《がっしょう》した。お君はもう笑い声を立てることもなかった。お君の関心が豹一にすっかり移ってしまったので、安二郎は豹一の存在を徳とし、豹一の病気を本能的に怖れていても公然とはいやな顔をしなかった。

しかし豹一は二《ふた》月も寝ていなかった。絶えず何かの義務を自分に課していなければ気のすまぬ彼は、無為徒食《むいとしょく》の臥床生活がたまらなく情けなかった。母親の愛情だけで支えられて生きているのは、何か生の義務に反《そむ》くと思うのだった。妓に裏切られた時に完膚《かんぷ》なきまでに傷ついた自尊心の悩みに駆《か》りたてられていた。熱が七度五分ぐらいまでに下ると、いきなり寝床を飛びだし、お君の止めるのもきかず、外へ出た。谷町九丁目の坂道を降りて千日前へ出た。珍しく霧の深い夜で、盛り場の灯が空に赤く染まっていた。千日前から法善寺境内《けいだい》にはいると、そこはまるで地面がずり落ちたような薄暗さで、献納提灯《けんのうちょうちん》や灯明《とうみょう》の明りが寝呆けたように揺れていた。境内を出ると、貸席が軒を並べている芝居裏の横丁だった。何か胸に痛いような薄暗さと思われた。前方に光が眩《まぶ》しく横に流れていて、戎橋筋《えびすばしすじ》だった。その光の流れはこちらへも向うの横丁へも流れて行かず、筧《かけひ》を流れる水がそのまま氷結してしまったように見えた。何か暗澹《あんたん》とした気持で、光を避けて引きかえしたが、また明るい通りに出た。道頓堀筋だった。大きなキャバレエーの前を通ると、いきなり、アジャーアジャーとわけのわからぬ唄歌、とたんに打楽器とマラカスがチャイナルンバを奏しだしたのが腹立たしく耳にはいった。軽薄なテンポに、××楼の広間でイヴニングを着て客と踊っていた妓の肢態《したい》を想いだした。カッと唇をかみしめながら、キャバレエーの中へはいって行った。ここのナンバーワンは誰かと訊《き》いて、教えられたテーブルを見ると、銀糸のはいった黒地の着物をいちじるしく抜襟《ぬきえり》した女が、商人コートを着た男にしきりに口説《くど》かれていた。呼ぶとすらりとした長身を起して傍へ来た。豹一はぱっと赧《あか》くなったきりで、物を言おうとすると体が震えた。呆《あき》れるほど自信のないおどおどした表情と、若い年で女を知りつくしている凄《すご》みをたたえた睫毛《まつげ》の長い眼で、じっと見据《みす》えていた。

その夜、その女といっしょに千日前の寿司捨で寿司を食べ、五十銭《ギザイチ》で行けと交渉した自動車で女のアパートへ行った。商人コートの男に口説かれていたというただそれだけの理由で、「痔つりの半」へ復讐《ふくしゅう》めいて、その女をものにした。自分から誘惑しておいて、お前はばかな女だと言ってきかせて、女をさげすみ、そして自分をもさげすんだ。女は友子といい、美貌だったが、心にも残らなかった。

ところが、三《み》月ほどして戎橋筋を浮かぬ顔して歩いていると、思いがけず友子に出会った。あんたを探していたのだと、友子は顔を見るなりもう涙を流していた。妊娠しているのだと聞かされ、豹一ははっとした。友子は白粉気《おしろいけ》もなくて蒼い皮膚を痛々しく見せていた。豹一は友子と結婚した。家の近くに二階借りして、友子と暮した。豹一は毎日就職口を探して歩き、やっとデパートの店員に雇われた。美貌を買われて、婦人呉服部の御用承り係に使われ、揉手《もみで》をすることも教えられ、われながらあさましかったが、目立って世帯じみてきた友子のことを考えると、婦人客への頭の下げ方、物の言い方など申分ないと褒《ほ》められるようになった。その年の秋友子は男の子を産んだ。分娩《ぶんべん》の一瞬、豹一が今まで嫌悪してきたことが結局この一瞬のために美しく用意されていたのかと、何か救われるように思った。その日、産声《うぶごえ》が室に響くようなからりと晴れた小春日和《こはるびより》だったが、翌日からしとしとと雨が降り続いた。六畳の部屋いっぱいにお襁褓《むつ》を万国旗のように吊《つ》るした。

お君はしげしげと豹一のところへやってきた。火鉢《ひばち》の上でお襁褓を乾かしながら、二十歳で父となった豹一と三十八歳で孫をもったお君は朗《ほが》らかに笑い合った。安二郎から、はよ帰ってこいと迎えが来ると、お君は、また来まっさ、さいならと友子に言って、雨の中を帰って行った。一雨一雨冬に近づく秋の雨が、お君の傘《かさ》の上を軽く敲《たた》いた。

キャラクターファイル——文豪読み解きミニ事典——織田作之助

直筆原稿

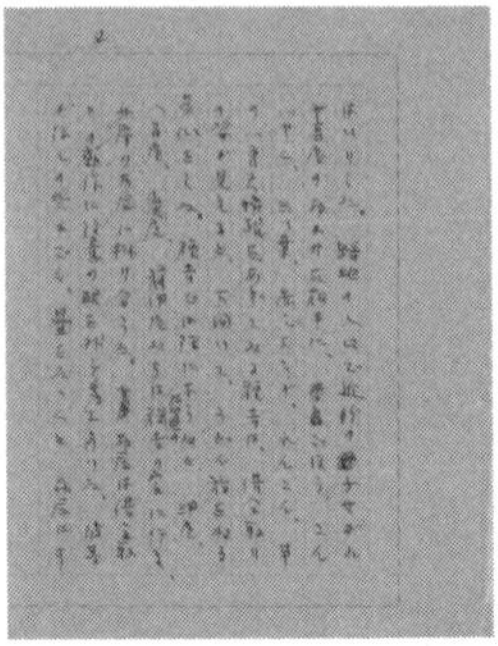

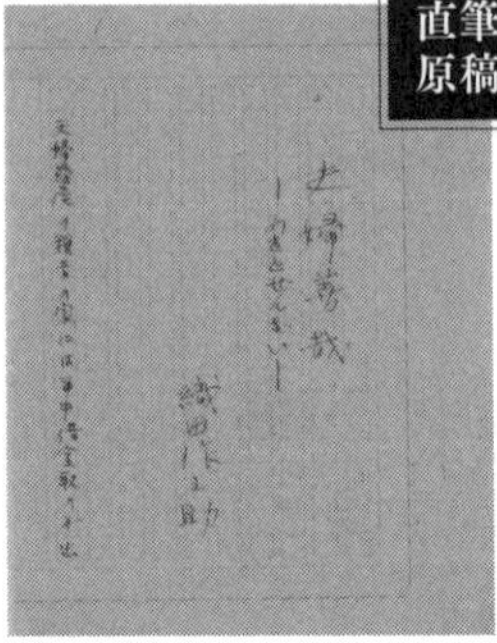

「夫婦善哉」

織田作之助の5作目の小説で代表作。安化粧問屋の若旦那が芸者と駆け落ちし、商売を試みては失敗しながらも生きていく内縁夫婦物語。大阪府立中之島図書館には初稿から四稿までの直筆原稿が所蔵されている（大阪府立中之島図書館所蔵）

生の声

デビュー当時の心境・状況

〔織田作之助はエッセイ「わが文学修行」に以下のようにデビュー当時を振り返っている。ここでも第1作「ひとりすまう」については題名さえ出していない。やはり「雨」が「ある意味での処女作」ということなのだ〕

本当に小説の勉強をはじめたのは、二十六の時である。それまでは専《もっぱ》ら劇を勉強していた。小説は殆んど見向きもしなかったようである。ドストイエフスキイやジイドや梶井基次郎などを読んだほかには、月月の文芸雑誌にどんな小説が発表されているかも良く知らなかった。その代り、戯曲は実によく読んだ。〔中略〕私の純粋戯曲理論から

見ると、小説本など形式がだらだらして、なんだか汚《けが》らわしいように思われた。高等学校時代のことである。〔中略〕

　大学へ行かず本郷でうろうろしていた二十六の時、スタンダールの「赤と黒」を読み、いきなり小説を書きだした。スタイルはスタンダール、川端氏、里見氏、宇野氏、滝井氏から摂取した。その年二つの小説を書いて『海風』に発表したが、二つ目の「雨」というのがやや認められ、翌年の「俗臭」が室生氏の推薦で芥川賞候補にあげられ、四作目の「放浪」は永井龍男氏の世話で『文学界』にのり、五作目の「夫婦善哉」が文藝推薦になった。

　こんなことなれば、もっと早く小説を書いて置けばよかったと、現金に考えた。

トピック❶ 結核に悩まされた人生

　1934（昭和9）年、織田作之助は20歳のとき、結核を発症、第三高等学校の卒業試験の最中に喀血して倒れてしまう。白浜温泉での療養後に復学したものの、急激に勉学への興味を失い、町歩きに明け暮れ、結局1936（昭和11）年に出席不足により三高を退学した。

　その後も結核に悩まされ、当時は合法だったヒロポン（覚醒剤）に手を出すようになる。織田はヒロポン注射が得意で、酒席でにわかに腕をまくりあげてヒロポンをうったと伝わる。

　1946（昭和21）年12月、結核による大量の喀血を起こし、東京病院（現・東京慈恵会医科大学附属病院）に入院するも、病状は徐々に悪化し、翌1947（昭和22）年1月10日に没した。33歳だった。

トピック❷ 愛妻家（？）だったオダサク

　1934（昭和9）年、結核により第三高等学校の卒業試験に失敗し、留年していた織田は、カフエー「ハイデルベルヒ」でダンサーとして働く宮田一枝と知り合い、翌月には同棲を始めた。このころから小説家としての活動を始めた織田は、家族には「東京帝国大学を受験する」と言って上京するも、1939（昭和14）年には大阪に戻り、新聞社に就職すると一枝と正式に結婚した。だが、1944（昭和19）年8月、一枝は子宮がんであっけなく亡くなる。

同年11月、東京劇場で上演された「わが町」に出演していた輪島昭子と知り合い、後に同棲するのだが、織田はある日突然、昭子に別れを切り出し、そのまま声楽家の笹田和子と結婚してしまう。しかし、和子との結婚は10日ほどしか続かなかった。そんな織田は、死ぬまで最初の妻一枝が忘れられず、一枝の写真と遺髪を肌身離さず持ち歩いていたという。

トピック3 〝ついで〟に生まれた太宰の有名写真

織田作之助と並び「無頼派」の文豪として知られる太宰治の写真といえば、写真家・林忠彦が銀座のバー「ルパン」で撮影した椅子の上であぐらをかく写真が有名だ。実はこの写真、林が織田を撮影する〝ついで〟に撮られたものだった。当時、林は織田を写真に撮りたいと思い、本人に依頼し、ルパンで何度か撮影していた。

1946（昭和21）年12月4日、その日も林は織田の写真を撮っていたが、奥から酔客が「織田作ばかり撮らないで俺も撮れ」と叫んだ。これが太宰治だった。照明用のマグネシウムはあと1回分しかなかったが、その時に撮影した写真が太宰治の最も有名な写真になったのだ。

トピック4 オダサクの最期

1947（昭和22）年1月10日、織田作之助は愛人輪島昭子に見守られ、肺結核で死去。享年33。翌11日、東京病院に近い芝の天徳寺で通夜が行われ、翌日桐ヶ谷の火葬場で荼毘《だび》に付され、太宰治や林芙美子、青山光二などが骨を拾った。

自宅があった大阪南河内郡富田林町の竹中方でも通夜が営まれ、1月23日には大阪市天王寺区楞厳寺《りょうごんじ》で、中学時代に織田作之助と同級だった住職・田尻玄龍によって葬儀が営まれた。葬儀委員長は小説家・藤沢桓夫、喪主は義兄・竹中国治郎が務めた。織田作之助は、最初の妻一枝とともに楞厳寺に葬られている。

聖地巡礼❶ 大阪府立中之島図書館

織田作之助が生前よく通った縁で、実姉・竹中タツが織田の関連資料を寄贈。織田作之助旧蔵の図書、雑誌、書簡、草稿など約2000点以上の資料が収録された「織田文庫」がある。書簡・草稿などはデジタル画像での閲覧が可能。

アクセス　大阪府立中之島図書館
大阪市北区中之島1－2－10
https://www.library.pref.osaka.jp/site/osaka/lib-collect-oda.html

聖地巡礼❷ 生國魂神社

地元では「いくたまさん」と呼ばれ、親しまれる古社。大阪最古の神社とも言われる。織田作之助は、この近所の生玉前町に生まれ、幼少時よりこの境内で遊んだ。織田の作品の中に何度も登場する神社だ。2013（平成25）年10月26日、この神社の境内に織田作之助生誕100周年を祝って「織田作之助像」が立てられた。銅像は1・3mの立像で、愛用のマントと帽子を身につ

写真：奥田健一/アフロ

けている。愛好家らでつくるオダサク倶楽部の会員、石田英治氏が寄贈したもの。同境内には井原西鶴像もある。

アクセス　生國魂神社
大阪府大阪市天王寺区生玉町13－9

聖地巡礼③　自由軒難波本店

織田作之助は、大阪・難波の洋食店「自由軒」の「元祖・混ぜカレー」（メニュー名は「名物カレー」）が大好物だった。あらかじめご飯とカレーが混ぜてあり、その上に生卵がかけてあるのが特徴で、代表作「夫婦善哉」にも登場した。難波本店には額縁入りの作之助の写真があり、「トラは死んで皮をのこす　織田作死んでカレーライスをのこす」と記されている。

アクセス　自由軒難波本店
大阪府大阪市中央区難波3丁目1－34
http://www.jiyuken.co.jp/

聖地巡礼④　法善寺横丁の夫婦善哉

「大阪を知らない人から、最も大阪的なところを案内してくれといわれると、僕は法善寺に連れて行く。」（「大阪の顔―法善寺―」より）と織田作之助が書いた法善寺の界隈は、落語の寄席や飲食店がひしめく町。

織田の代表作「夫婦善哉」のモデルとなった甘味処「夫婦善哉（当時は「めおとぜんざい」）」は現在もこの法善寺横丁にある。店内には、織田作之助の「夫婦善哉」の初版本や映画、舞台などの資料が展示されている。メニューは温かい夫婦善哉と冷たい冷やし善哉の2つのみ（夏季はかき氷もある）。二椀に盛られた善哉が一人前だ。

アクセス　夫婦善哉
大阪市中央区難波1－2－10　法善寺MEOUTOビル
https://sato-res.com/meotozenzai/

法善寺横町（photolibrary）

聖地巡礼❺　織田作之助の墓所

織田作之助の墓は、大阪市天王寺区にある楞厳《りょうごん》寺《じ》の本堂正面脇にある。墓碑の表面には「織田作之助墓」の六字が刻まれ、背面には小説家・藤沢桓夫（文）と吉村正一郎（書）の手で、作之助の生涯が記されている。墓碑には戒名が2つあり、1つは織田作之助の、もう1つは最初の妻一枝のものだ。

アクセス　楞厳寺
大阪府大阪市天王寺区城南寺町1番26号

IV

SAKAGUCHI ANGO

坂口安吾

デビュー作

木枯らしの酒倉から——1931（昭和6）年

坂口安吾（さかぐち　あんご）

本名：坂口炳五。１９０６（明治39）年、新潟県生まれ。東洋大学卒業後、１９３１（昭和６）年に同人誌『言葉』に発表した「木枯の酒倉から」が島崎藤村から評価され、作家としての資質に自信を持つ。終戦直後に発表された批評『堕落論』、続いて発表された短編「白痴」が大いに評判を呼び、一躍時代の寵児となった。太宰治、織田作之助、石川淳らとともに「無頼派」を代表する作家。１９５５年（昭和30年）に脳溢血により死去。享年48。

文豪誕生

ブレークまでの道のり

神経衰弱を語学学習で克服

坂口安吾は、1906（明治39）年10月20日に、新潟県新潟市西大畑町で生まれた。父仁一郎、母アサの五男で、母は父の3番目の妻で、坂口家は13人兄弟。安吾は12番目の子だった。本名は炳五《へいご》、丙《ひのえ》午《うま》生まれの五男という意味だ。

坂口家の先祖は資産家だったが、安吾が生まれた時には財産は使い果たしていた。もっとも安吾が「父が使い果たし、私の物心ついたときにはひどい貧乏であった」と書いているほどにはひどくはなく、幼稚園にも行っており、新聞や猿飛佐助の登場する立川文庫を読みふけったエピソードも残っていて、普通の家庭だったと思われる。

幼少時の炳五は破天荒な性格で「ガキ大将」として近所の子供たちに君臨した。ある叔父が「とてつもなく偉くなるか、とんでもない人間になるか、どちらかだ」と安吾について語っていたという。

県立新潟中学校（現・県立新潟高校）に入学すると近視で黒板の字が読めなくなり、英語や数学の成績も下がり、中学2年の時に留年したため、家庭教師をつけられたりしたが、逃げ回っていた。反抗的な落伍者への畏敬の念が強く、ボードレールや石川啄木の影響を受けていた。谷崎潤一郎、バルザック、芥川龍之介、エドガー・アラン・ポーなどを愛読していたという。

また日本史や宗教に強い興味を持っていた。

3年生のときに編入した東京の豊山中学校を卒業後は代用教員を勤めたが、仏教の本格研究を目的に東洋大学印度哲学倫理学科第二科に入学した。

仏教書や哲学書を読み漁る猛勉強の生活を続けた結果、神経衰弱に陥ってしまう。

1927（昭和2年）の芥川龍之介の自殺も神経衰弱に拍車をかけたが、アテネ・フランセに通い語学学習に打ち込むことで克服したという。

1930（昭和5）年に東洋大学を卒業した安吾は、アテネ・フランセの友人らと同人誌『言葉』を創刊。創刊号に翻訳「プルウストに就てのクロッキ」を掲載した。この頃から同人仲間と神楽坂、神田、銀座、新橋に飲みに行くようになる。

翌年、『言葉』第2号に、処女小説「木枯の酒倉から」を発表。この作品を島崎藤村が褒めているという話を聞いて、小説家としての資質に自信を持つようになる。

当時の友人によると安吾は「でたらめがでたらめにならない文学をつくりたいといっていた」とのことだ。

続いて発表した「風博士」「黒谷村」も評判を呼び、新進作家として文壇に認められる存在になった。その後安吾は太宰治、織田作之助、石川淳らと並ぶ「無頼派」の作家として地位を築いた。

木枯の酒倉から

聖なる酔っ払いは神々の魔手に誘惑された話

発端

木枯《こがらし》の荒れ狂う一日、僕は今度武蔵野に居を卜《ぼく》そうと、ただ一人村から村を歩いていたのです。物覚えの悪い僕は物の二時間とたたぬうちに其の朝発足した、とある停車場への戻り道を混《こん》がらがせてしまったのですが、根が無神経な男ですから、ままよ、いい処《ところ》が見つかったらその瞬間から其処《そこ》へ住んじまえばいいんだ、住むのは身体だけで事足りる筈《はず》なんだからとそう決心をつけて、それからはもう滅茶苦茶に歩き出したんです。ところが案外なもので（えてして僕のやることは失敗に畢《おわ》るものですから）、見はるかす武蔵野が真紅に焼ける夕暮れという時分に途方もなく気に入った一つの村落を見つけ出したのです。夢ではないかと悦《よろこ》んで思わず快心の笑みを洩して居りますと村端れの一軒に突然物の破ける音がして、やがて荒れ狂う木枯にふわりと雨戸が一枚倒れるのを見ましたが、次の瞬間には真っ黒な塊が弾丸のように転げ出て、僕の方へまっしぐらに駈け寄ってくるのです。近づくのをよく見ますと、いやに僕によく似た――背が高く、毛髪は茫々とし、顔色は蒼白で、駈けてきた所為《せい》でもありましょうが、何となく疲労の色が額に漂っていて、妙チキリンなピジャマを着ているんです。一体こいつほんとに気狂いかしら、と無論僕はそう思いついたのですが、広い武蔵野の真ん中で紅々とただ二人照し出されてみますと、この怪物がばかに親密に見えるものですから、君、君、と僕は通りすぎるこの怪物を呼びとめました。ところがこの周章《あわ》て者は僕の声などてんで耳に這入《はい》らないらしく尚も一散に弾となり地平線の向う側へ飛び去りそうに見えたものですから、僕も亦《また》とっさにわあっというと一本の線になってこの男の跡を追いかけるような次第になったのですが——大根の四五本ぬき棄てられてある横っちょのあたりでやっとこの周章て者の腰のところへ武者振りつくと勢あまって二人諸共《もろとも》深々と黒い土肌へめり込んでしまったのです。顔の半ぺたを土にしてフウフウと息をつきながら夢からさめたもののようにポカンとしているこの周章て者に僕は又とぎれとぎれに詫《わび》を述べ、如何《いか》なる必然と偶然の力がかかる結果を招致するに至ったものであるかということを順を追うて説明いたしました。

——結局君はこの村に貸間又は貸家が存在するであろうかということを僕にききたかったんだね。

と、話してみれば物分りのいい男で、心臓の動悸《どうき》がようやくに止ったらしく、こう（顔の半ぺたを土にして）反問するのです。

——そうです、何か御心当りがありますかしら。

と、僕はもうひどくこの周章て者に好意を感じ出していたのですが、物のはずみで拾いあげた大根をなで廻しながらこんな風にきいたのです。するとこの男は僕の言うことが呑み込めないのでしょうか（えて哲人は食物を食べるその理窟さえ分らないものだと言いますから）怪訝《けげん》な顔をして、

——無いこともないが、かりにあったとして、君はそれをどうする心算《つもり》なんだ。

というのです。

——無論僕が住むんですがね。

——う、ぶるぶる、止した方がよろしいよ。

——何故ですか？

——う、ぶるぶるぶるじゃよ。

と彼は一きわ顔色を蒼く鋭くするのです。しかし彼は見かけによらぬ親切な男で、改めて僕を自分の宿（さっき雨戸を蹴倒して出てきたところです）へ案内すると、どうしても君はこの寒い村に居を構えるつもりであるかと尋ね、頑としてそうであると答えると、「尊公も亦呪われたる灰色じゃよ」と目を伏せながら、次のような笑うべき物語を語ってきかせたのです。木枯が窓を叩くたびに、う、ぶるぶると震えながら——

蒼白なる狂人の独白

俺の行く道はいつも茨《いばら》だ。——茨だけれど愉快なんだ。茨よりほかの物を、俺には想像ができなかったから。

俺は禁酒を声明した。肉体的、経済的、ならびに味覚的に於《おい》てすら、酒そのものが俺にはけして愉快なる存在ではなかったからだ。無論禁酒を声明した程だから昔は酒を呑んだんだ。あべべい、酒は茨だねえ、不快極る存在じゃよ、と言いながら。

酒は君、偉大なる人間の理性を痺《しび》らせるものじゃよ。酒はあぱぱいじゃ。汝の明朗なる人間的活動は忽《たちま》ちにして神の如く曇るぞよ。おそれよ、おそれよ、という忠告は遺憾ながら俺の為にはペチシオ・プリンシピイの誤謬《ごびゅう》を犯している。

俺の理性が痺れうるものならば——余は酒樽の冠を被《かぶ》り樫の大いなる觴《さかずき》を捧げ奉って、ロンサルの如くたちどころに神に下落するぞよ。

——愛する友よ。君は人間として甚《はなは》だいたらん男じゃ。酒呑めば酒と化すことを、人間はその誇りとするものじゃよ。まま、ええさ。唄いかつ踊り、寂しげなる村々を巡礼して悩みを悦びの如く詩にあらわし、一文の喜捨にも往昔の騎士に似て丁重なる礼を返し、落日と共に塒《ねぐら》を求めて山毛欅《ぶな》の杜へ消え去るのも一つの修業方法であるな。旅は人の心を空ッポにするものじゃよ。そのくせひどく感動しやすくなるもんだから、貴公のような鈍愚利《どんぐり》でも時あれば泌《にじ》むように酒が恋しくなるかも知れん。ああ！　酒呑まぬ男は猿にかも似ていると、うまいことを言うもんだねえ。賢《サカシ》ら人は、いやだねえ、ゲジゲジを思わせるよ、君。

とわが友は暗澹《あんたん》たる顔をさらに深く曇らせてゲジゲジを払うもののように觴を振り廻すのだ。わが友は日本にたった一人の瑜伽《ヨーギン》行者だ。痩せさらぼうて樹下岩窟に苦行し百日千日の断食を常とするかの輩《トモガラ》です。業成れば幻術の妙を極めて自在《シジ》を得るところの、あれだ――が、俺の友達は酒樽の如く脂肪肥りの酔っ払いだ。呑んだくれの瑜伽行者もないもんじゃよ、君。

――余は断じて酒をやめるぞよ。と俺はその場で声明した。ひたすらに理性をみがき常に煩悶《はんもん》を反芻《はんすう》して、見よ煩悶の塊と化するぞよ。右も煩悶左も煩悶、前も後も煩悶じゃよ。目を開けば煩悶を見、物を思えば煩悶を思い、煩悶を忘れんとして煩悶に助けをかり、せっぱつまれば常に英雄の如くニタニタと笑いつつ、余は理性を鉾《ほこ》とし城として奮然死守攻撃し、やがて冷然として余の頭をも理性もてくびくくるであろう。見よ。

――余は断じて酒を止めるぞよ。

と俺は断乎として声明したのだが――まあ待ち給え。聖なる俺の決心を永遠ならしむるために、も一度立ち戻って事のいきさつに詩的情緒の環をかけさせて呉れ給え。

毎年のことだが、夏近くなると俺は酒倉へサヨナラをする。それというのが、夏は君、ペンペン草を我無者羅《がむしゃら》に俺達の酒倉へはやすからなんじゃよ。見給え。夏が来ると俺達の酒倉はペンペン草で背の半分を埋めてしまうのだ。酒倉の壁の罅《ひび》からもペンペン草が頸《くび》を出す。同じ草が傾いた屋根の上では頭をふり、庭も亦一面にペンペン草の波なんだ。

一体俺達の酒倉はこれでもれっきとした造り酒屋なんだけど、何分ここの亭主は自分の酒を自分一人であらかた呑みほしてしまうものだから、長い年月には母屋を呑み庭の立木を呑み（客ではない、無論亭主自身が呑んだんだ）、今では彼の寝室でありやがては棺桶であるところの破れほうけた酒倉がただ一つ残っているばかりだ。だから君、夏がきてペンペン草が酒倉の白壁の半分を包み隠してしまうとき、俺は呆然として無から有の出た奇蹟をば信ずるに至るのだけれど——君が見かけ程詩人なら、疑うべき筋合ではないのじゃよ。といったわけで、ペンペン草は生え放第に庭も道も一様に塗りつぶすものだから、俺は酒倉への出入にペンペン草に捲き込まれてとんだ苦労をしてしまうのだ。足をからむとか蛇をふみつけるとかしてわあっ！　と及腰《およびごし》になりかかると、鼻孔にまぎれ込む奴もペンペン草であるし懐にガサガサとなる奴も——ああ何処をどうして潜り込んだのか背中で何か騒ぐ物があるのもみんなこのペンペン草なんだ。俺はううんと呻《うめ》えたまま天高く両腕をつきあげて進退ここに谷《きわ》まったという印をしてしまうのだ。すると真夏の太陽がカアンというあの変テコな沈黙でいやというほど俺の頭を叩きのめすものだから、俺は危く目をまわそうとするのじゃよ。おお光よ、おお緑よ、おおペンペン草よ、怖るべき力よ、俺の若き生命よ。余は緑なすペンペン草の如く太陽のあるところへ一目散に駈けてゆかねばならぬ。ああ酒は憎むべき灰色じゃよ、と俺は思うのだ。

——酒は頑としてサヨナラじゃよ。

と、そこで俺は憤然として酒倉を脱走するのだ。「ああ太陽よ」とか「おお生命よ」とか、まあそういったことを喚きながら、俺は何分あまりにも興奮して酒倉を走り出るものだから、つい亦ペンペン草に足をとられて大概は四《よつ》ん這《ば》いになり畢《おわ》り、酒は実に灰色じゃよ、俺は頑としてそれを好まんよなどと叫びながら這い出してゆくのだった。

すると酒倉の亭主は——先刻御承知の瑜伽行者だが——ペンペン草の間から垣間見える俺の尻を見送りながら、「木枯が吹いたら又おいでよ」と、ニタニタと笑うのだ、「木枯が吹いたら又おいでよ」と、ね。

まことに木枯と酒と俺は因果な三角関係を持つものである——木枯は、恰《あたか》も俺の活力を刺し殺すように酒倉のペンペン草を枯してしまうのだ。すると俺は——

ああ！　俺は冬が大嫌いだあ！

冬は——俺の心をさむざむと白く冷くするのじゃよ。寒気は俺の脳味噌をも氷らせるのだ。俺の一切の運転はハタと休止して——俺はペンペン草と一緒に、ここに果敢《はか》なく枯れ果ててしまうのだ。顔色はいうまでもなく蒼白となり、目は鈍くかがやき、脳味噌は——脳味噌という代物を余はひどく怖れるよ——脳味噌は、氷りついて動かないのだ。そこで俺は様々な手段を講じてぜひとも脳味噌を動かそうと勉めるのだ。俺の目はいみじくも光り輝き、額は痩せくたびれて、頭は唸りを生じ、俺は——ほがらかに気狂いになりそうな気がするのだ。俺の唇は酒を一滴も呑まぬのに呂律《ろれつ》も廻らなくなって、ワハ、オモチロイヨ、などと言うのだ。こんな風にして、俺の身体は何かガラスのような脆《もろ》い物質から出来ていて、どこかしら一寸でも動かしたが最後ピチピチと音がしてわれちまうような気になる。舌を出してさえゼンマイがくずれそうな気がするから（ああ、舌が出してみたいねえ）笑いたくてたまらないのだが——俺は断じて笑わんよ。武蔵野に展《ひら》かれた宿の窓から、俺は時々頸をつき延して、怖るべき冬の情勢を探るのだ。すると、見渡す視野がばかに広茫と果もなくひろがってゆくのに、その都度瞠若《どうじゃく》として度胆を失ってしまうのだ。冬の広さを見ていると、俺は俺の存在が消えてなくなるように感じるものだから……

……こうして、木枯のうねりが亦《また》一とうねり強くなると、俺はつい堪《たま》りかねて、ふっとあの酒倉を、思い出してしまうのだ。憎むべき酒よ、呪うべき酒樽よ、怖るべき冬よ、う、ぶるぶるよ。俺の恋心は果《はて》もなくつのって、俺の魂はいつの間にやら木枯の武蔵野を一ととびに、酒倉の戸の隙間から悪魔風な法式でふいとあの酒倉へもぐり込んでしまうのだ。すると酒倉の亭主は——

（ああ、彼の不愉快な幻術は、如何に俺を悩ますことか！）

——おもむろに觴をひねくりながら、まぎれ込んだ俺の魂をてもなく見破ってしまうのだ。彼は脂ぎった太くまん丸い顔をニタニタと笑わせる、そしてグイと一杯呑みほすと、いやに取り澄まして、やおら得意なる背亀坐《ウッターナーサナ》を組み、おもむろに調息するのだ。見給え——彼は分身の術を用いて、さむざむと武蔵野に展かれた俺の窓から、脂ぎった顔のニタニタをぬっと現す。

——愛する友よ、寒さは人間の敵だねえ。彼等はかつてナポレオンをオロシヤに破り、転じては若きエルテルの詩人を伊太利に送り、澆季《ぎょうき》[※1]の今日に於ては純愚利の尊公をも酒倉へ送ろうとする。人間はかくの如く常に温かくあるべきじゃよ。その意味に於て尊公の心に萠し出でた本能の芽は聖なる鉢顛闍梨《パタンジャリ》[※2]の三昧に比していささかも遜《おと》るところを見出しがたいのじゃよ。唵唵《オームオーム》、（箆棒《べらぼう》め）といったものじゃよ。

と言うのだ。

俺は憤然として何事かを絶叫しようと思うのだが、うかつに絶叫しては顚《あご》のゼンマイから必然的に頭のゼンマイへかけて狂い出す怖れを感じるものだから、絶望的なニヤニヤを笑って行者のニタニタを眺めているのだ。すると俺の心臓はひどく臆病になって次の一秒がばかに怖ろしく不気味に思われ沈黙に居堪らなくなり出すから、もうおさえ切れずにわあっ——と叫ぶと——

一っぺんに階段を跳び降りて雨戸を蹴破ると、もう武蔵野の木枯を弾になって一条にころがっているのだ。

わあ！

助けて呉《く》れえ、冬籠《ごも》りだあ！

と、かように声高く武蔵野を喚きながら、俺は酒倉の戸を踏み破って——

——二十石の酒樽を抱きかかえるようにしてグイグイ、ぐいぐいと酒の灰色を一息に（茨じゃよ）

（俺達の酒倉では二十石の酒樽から酒をのむのじゃよ）

あおるのだ。木枯がペンペン草を吹き倒すとき、俺は毎年もとの酔っ払いに還元してしまうのだった。

こうして俺、聖なる呑んだくれは、武蔵野の木枯が真紅に焼ける夕まぐれ足を速めて酒倉へ急ぐのだが——すると酒倉の横っちょには素っ裸の柿の木が一本だけ立っているのだ（君は勿論知るまいが——）。この柿は葉が落ちても柿の実の三つ四つをブラ下げて、沁むような影を酒倉の白壁へ落しているのだが——俺は毎日このまっかな柿の実へ俺の魂を忘れて、ふいと酒倉へもぐるのだ——と、こう思うのがせめても俺の口実なんだ。だから俺は安心して、あれとこれとは別物だけれど、まるで魂を注ぐように、酒樽にとびかかると、ぐいぐいぐいぐいと酒を魂を呑んじまうんだあ！　概して俺はこの酒倉で最もへべれけに酔っ払う男の唯一人で、酒倉の階段を踏みはずすと窖《あなぐら》へ宙づるしにブラ下ったまま寝ちまうこともままあるのだ。そんな朝、目が覚めると、頭の下から足の方へ登ってゆく太陽を天麩羅《てんぷら》だろうかと眺めるんだが……

酒は憎むべき茨じゃよ、全く俺は毎夜ダブダブ酔っ払って呪いをあげるのだけど——冒頭にお話しした聖なる禁酒の物語はペンペン草の夏ではない、頑として木枯の真っただ中に（うう、ぶるぶる）行われたのじゃよ。それはそれは悲痛なものであったのだが、まあきき給え。

——愛する行者よ。と、俺は一夜鬱積《うっせき》した酒の呪にたまりかねて、幾杯目かの觴を呑みほしたとたんに、憎むべき行者の楽天主義《オプチミスム》を打破しようと論戦の火蓋を切ったのだ。

——愛する行者よ、鉢顛闍梨《パタンジャリ》の学説は不幸にしてイマヌエル・カント氏に先立って生れたるが故にここにたまたま不運なる誤謬を犯すに至ったものであることを、余は尊公のために歎《なげ》くものじゃよ。思うに尊公等岩窟断食の徒は人間能力の限界について厳正なる批判を下すべきことを忘却したがために、浅慮にも人間はつまり人間であることを忘れ恰も人間は何でもない如くに考え或は亦人間は何でもある如くに考えるのじゃよ。さればこそ尊公は酒と人間との区別を失い、酒は尊公の肋骨であり尊公は酒の肋骨……うむうむ、であるなぞと考えるのじゃ。げに恐るべき誤謬じゃよ。かるが故に――（と二十石の酒樽より酒をなみなみと受けて呑みほし）

――かるが故に尊公は又人間能力の驚嘆すべき実際を悟らずして徒《いたずら》に幻術をもてあそび、実は人間能力の限界内に於て極めて易々と実現しうべき事柄を恰も神通力によってのみ可能であるなぞと、笑うべき苦行をするのじゃ。見よ。余の如きは理性の掟に厳として従うが故に、ここに酒は茨となり木枯はまた頭のゼンマイをピチリといわせるのだけれども、余は亦理性と共に人間の偉大なる想像能力を信ずるが故に、尊公の幻術をもってしては及びもつかぬ摩訶不思議を行い古今東西一つとして欲して能わぬものはないのじゃ。世に想像の力ほど幻々奇怪を極め、神出鬼没なるものは見当らぬのじゃ。さればこそ乃公《ダイコウ》※3の行く手はいつも茨だが、目をつむれば茨は茨ならずしてたちどころに虹となり、虹と見ゆれど茨は本来茨だから茨には違いないけれど亦虹なんじゃあ。しかし亦虹は茨――うう、面倒くさい話であるが（実際に於てかくの如く面倒であるのじゃよ）――だから余は断じて幸福であるのだ！

と、酒樽にもたれて酔眼を見開き、勢あまって尚も口だけをパクパクと動かしていたのだが、行者はニタニタと笑いつつ面白そうに俺のパクパクを眺めながら焦燥《アセ》らず周章てず尚も幾杯かを傾けてしばらく沈黙の後（ああ！　悲劇の前奏曲よ！）静かに鼻の頭をこすって、

――尊公は見下げ果てたる愚人じゃよ。（とおもむろに暗涙を流した）。かつて人間が神を創造して以来ここに人間の生活に於ては詩と現実との差別を生じ、現実は常に地を這う人間の姿を飛躍す

る能わず、詩はまた常に天を走れども地上の現実とは何等の聯絡《れんらく》を持つことを得なかったから、人間は徒《いたずら》に天と地の宙を漂い、せっぱつまって不幸なる尊公らは虚無と幸福とを混同するの錯覚におちいり、ジオゲネスは樽へ走り、アキレスは亀を追いかけ、小春治兵衛は天の網島、荘周は蝶となり、尊公のゼンマイははずれそうになるんじゃよ。ひとり淫乱の国天竺には現実を化して詩たらしめんとする聖なる輩《トモガラ》が現れて、ここにカーマスツトラを生みアナアガランガをつくり常にリンガ・ヨオニに崇敬を払って怠ることがないから法悦極るところなく法を会得し、転じて一方には聖なる苦行断食の徒を生み出して彼等には幻術の妙果を与えるに至ったのじゃよ。されば我等の幻術は現実に於て詩を行い山師神々を放逐し賢《サカシ》ら人を猿となし酒呑めば酒となる真実の人間を現示せんとするものであるわい。いで――（と、行者は奇蹟的な丸顔をニタニタと笑わせながら立ちあがったんだ）――いで空々しく天駈ける尊公の想像力を打ちひしぎ、地を這う人間そのものを即坐に詩と化す幻術の妙を事実に当ってお目にかけるよ。

と、フウフウと酒気を吐きながら、しばらくは酒樽にもたれてフラフラと足下も定まらなかったが、おもむろに重心を失うと横にころげて鯉のようにビクビクと動くのだ。

　俺はもう行者の長談義の中途から全く退屈していたので、どうにと勝手になるようになれと、酒倉の壁にもたれて天井の蜘蛛の巣を見ていたが、酔ったせえでもあるのだろうか、ぼやけた蝋燭《ろうそく》は数限りない陰々を投げて狂おしく八方へ舞いめぐり、さらでも朦朧とした俺の視界を漠然の中へ引きずりこんでしまうのだ。俺は木枯の響がヒュウとなって酒倉をくるくると駈けめぐるのをきいていたが——そのうちにみんな忘れて何もきこえなくなってしまった。

　それからものの五分もじっとそんな風にしていたのだろうか、ふと引く様な物音に我にかえると、それは嘗《かつ》て耳に馴れない笛の音で唄うように鳴りひびいてくるものだから何事であろうかと目で探ると——俺は危くうわあっ！　と呻えて酒樽に縋《すが》りつく所だった。一匹のコブラが頸のところをまんまるく膨ませ、立つように泳ぐように屈伸しながら、ぼやけた蝋燭にいやらしいその影を騒がせているのだ。それは音にきく熱国の蛇使いであろうか、白い回教徒頭巾《チュルバン》を頭にまいた銅色の男が酒樽の片影に坐を組んで太く節くれて光沢のある笛を吹いている……

　わあわあ、余は酔ったんだあ。断じて俺は酔っちまったぞ。と、俺は絶望して俺の頭を横抱きにかかえながら、せめて親友瑜伽行者は何処へ行ったんだ、助けて呉れえと眺めまわすと——亦しても俺はわあっ！　と今度は笑いが爆発して今にも粉微塵と千切れ去るところだった。何という笑うべき恰好であろうか！　魁偉なる尻を天高く差しあげ、太い頸をその股にさし込むばかりにして匍匐《ほふく》するあの様は、あれが行者の得意なる背亀坐《ウッターナーサナ》であるのか。それともむしろあの形よりおして瑜伽経《ゆがきょう》に説く弓坐《ダヌラーサナ》、孔雀坐《マユラーサナ》の類でもあろうか。見れば股かげにその丸顔をもぐらせて相も変らずニタニタと笑わせながら、それでも流石に目を閉じて豆程もある脂汗をジタジタとわかせているのだ。

　蛇の踊りがこうして、何の変哲もなくものの五分も続いていたろうか。すると俺は、ひどく酔ったせえで目のまわりに白い靄《もや》がかかったんだと、そう思ったのだ——周章てて目の周《マワリ》をこすったのだが、模糊とした靄は一向に消えようともせず、今度は何となくフワフワと渦を巻いて見えるから

——ああ俺は遺憾なく酔っちまったんだと匙を投げて拳骨をふりあげた、すると——だだだ、何たる事だ！　ゆらめく靄はするりと縮んで忽ちに一つの塊におさまったと思ううちに不思議な香気が鼻にまつわったような気がしたが、ばかに一面が気持よく澄み渡ったようだと思いついた時には、もう目の向うに波羅門《バラモン》の銅色の娘が綺麗な裸体でねそべっているのを見出していた——娘はひどく自由な、物なれた物腰でゆるやかに立ちあがると、すぐ自分の横にそびえたつ魁偉なる尻の塔を眺めていたが（べつにおかしくはないとみえて、俺のようにゲタゲタと笑いくずれやしないのだ）、やがて、ひどく懐かしい表情をすると、恋人を抱くように行者の頸に手をやって、蛇のような腕をするするとまわした……

ああ！　酒は憎むべき灰色だ！　呪うべき酒の毒よ！

と、俺は怒り心頭に発して跳ね起きると（起きあがる急速なる一瞬間に、娘の腕のふうわりとした中で行者のニタニタがなおニタニタと深く笑うのを眺めたのだが——）、ああ！　呪うべき酒よ！　呪うべき幻術よ！　と俺は狂気の如く行者の丸顔（そのときも股のとなりにあった）にとびかかると娘の腕を跳ねのけて太くたくましいその頸筋をむんずと掴んでぐいぐいと絞めつけたのだ——恐らくその瞬間には娘も蛇も蛇使いも消えて其処には居なかったのであろうが——けれども行者は、なおも娘に頸をまかれているかのように快くニタニタと脂の玉を浮べるのだ。

——わあっ！　余は断じて酒を止めたぞよ！　余は断乎として……わあっ！

と叫ぶと俺は行者の頸を離れ、自分の頭を発止とかかえてガンガンとじだんだ踏んだが、あらゆる見当を見失ってわあっ！　と一声うめえたまま――二十石の酒樽の周囲を木枯よりも尚速くくるくるくるくるとめぐり初めたのであった。余は煩悶の塊じゃよ、余の行く道は茨じゃよ、前も後も煩悶じゃよ、煩悶を忘れんとして煩悶――

　わあっ！

と俺は跳ねあがって（ああ何十辺酒樽の周りをまわったか）バッタリと立ち竦んだまましばらくは外を吹く木枯の呻きに耳傾けていたのだが、猛然と心を決め、グワンと扉を蹴倒すと荒れ狂う木枯の闇へ舞うように踊りこんでしまったのだ。俺がただ一条に転げてゆく闇のうしろでは、今蹴倒した扉から酒倉へかけて津波のように木枯の吹き込んだ音をききながら、

――俺は断じて酒を止めたんだあ！

――もう一滴も呑まないんだあ！

――助けてくれえ！

と武蔵野を越え木枯をつんざいて叫びながら――辛うじて下宿の二階へ辿りつくと空しい机の木肌に縋りついて。

――く、苦しい！　助けてくれえ、喉がかわいた！　酒を呉れえ！　酒だ酒だ！

とかようにもがきながら、反吐を吐きくだしてしまったのだ。

俺の禁酒は、結局悲劇にもならずに笑うべき幕をおろした。悶々の情に胸つぶし狂おしく掻い口

説くのは一人恋人だけであるということを、呪われたる君よ、知らなければならぬのじゃ。冬はあまりにも冷たすぎるものじゃよ。

だから（聖なる決心よ！）俺はうなだれて武蔵野の夕焼を――ういうい、酒倉へ、酒倉へ行ったんだ！　断乎として禁酒を声明したあの一夜から、数えてみて丁度三日目の夕暮れだった。俺の目は落ち窪み、頬はげっそりと痩せ衰えて、喉はブルブルと震えていたが。ややともすれば俺は木枯に吹き倒されて、その場でそのまま髑髏《サレコウベ》にもなりそうに思いながら、ようやく酒倉へ辿りついてその白壁をポクポクと叩いたんだ。

俺の悄然《しょうぜん》たるその時の姿は、「帰れる子」の抱腹すべき戯画であり、換言すれば下手糞な、鼻もちならぬ交響楽を彷彿させるそれら「さ迷える魂」の一つであったと、行者は後日批評している。とにかく俺はようやくにして二十石の酒樽に取り縋ると物も言い得ず灰色の液体を幾度も幾度も口へ運んだ。ああ幾度も幾度も……そんな風にして俺の神経の細い線が、一本ずつ浮き出てくるのを感ずる程呑みほしたのだが――酒は本来俺にとって何等味覚上の快感をもたらさないのだ。むしろ概して苦痛を与える場合が多いのだし、それに酒はむしろ俺を冷静に返し、とぎ澄まされた自分の神経を一本ずつハッキリと意識させるのだけれど――それでいて漠然と俺の外皮をなで廻る温覚は俺をへべれけに酔っ払わしているのだった。だから俺は酒に酔うのは自分ではなく何か自分をとりまく空気みたいなものが酔っちまうんだと思っているのだが――そんなことを思い当てるときは、きまって足腰もたたない程酔いしれているのだ。

俺はぐいぐいと、どれ程の酒を呑みほしたものであろうか。益々冴える神経の線が例の模糊とした靄につつまれてゆくのを感じながらふと我にかえると、思わず俺はわあっ！　と――いや、もはや俺は物に驚く力をも忘れた木念人であったから、朦朧たる目を見開いて、見開いても暫くはさだかに見定まらないので、わしぁ驚かんよ。勝手にしろよ。とフラフラと動いたのだ。

俺達の酒倉はいつの間にか緑したたる熱国の杜に変っていた。見涯《みはて》もつかぬ広い緑は、あれはみんな魂の生《な》るような、葉の厚ぼったい、あんな樹々だ。菩提樹《ぼだいじゅ》、沙羅《さら》樹、椰子《やし》、アンモラ樹。緑をわたる風のサヤサヤにガサツな音を雑《まじ》える奴は、あれは木の葉ではない、地べたに密生する丈長い草――ペンペン草ではありませんよだ――これは梵語《ぼんご》にクサと呼ぶ草で印度に繁る雑草だった。クサの繁みに一きわ白くそびえ立つ円塔は、あれは聖なる卒塔婆であろうかと目をすえると――ああ、これは背亀坐《ウッターナーサナ》を組む行者のグロテスクな尻であったから、俺は思わず敬虔なる心をさえ起すところであったのだ。

もしや婆羅門の「いらつめ」[※4]「いらつこ」[※5]が古い日本の[※6]嬥歌《かがい》さながらに木々を縫うていわしまいかと奥深く杜をうかがったのだけれど、渡るものは風ばかりで、それでも気のせいか、何か遠くさんざめく物声にもききとれた。見るほどに、見渡す限り樹々を渡る、風の冴えた沈黙ばかりだ。

――わしは幻術を好まぬよ。（と俺はフラフラと立ち上った）。木枯の如く酒の如く呪うべきものは幻術じゃよ。緑なす菩提樹よ、椰子よ、沙羅樹よ、アンモラ樹よ、これも亦甚しくわしの気に入らんよ。俺の行く道は常に愉快なる茨じゃよ。（ああ、俺は何と歎くべき小人であろうか！）、ああ愛すべき茨よ！

と、尚も俺はフラフラと、ひどく陽気に歩き出し、クサを踏みわけて幾度も転げながらあのパゴダ——行者の御尻です——に辿りつくと、呪われたる尻よ、とこれを平手でピシャピシャと叩いたのだ。すると行者は尚も幻術に無念無想で、股にもぐした丸顔には例の脂汗とニタニタが命懸けにフウフウと調息しているのだった。

——余は断じて尊公の尻を好まんよ。

と、俺も詮方なくニヤニヤと空しい尻に笑いかけながら尚暫《しばら》く叩いていたが、やがて退屈して酒樽へ戻ろうと足のフラフラを踏みしめて叢の中へわけ入ったのだが——（ああ、これも呪うべき行者の幻術であろうか）叢に秘められた階段に足踏みはずして、酒倉の窖へ真っ逆様に転り込むと、何のたわいもなく、俺は気絶してしまったのだ——。

附記

この小説は筋もなく人物も所も模糊として、ただ永遠に続くべきものの一節であります。僕の身体が悲鳴をあげて酒樽にしがみつくように、僕の手が悲鳴をあげて原稿用紙を鷲づかみする折に、僕の生涯のところどころに於てこの小説は続けらるべきものと御承知下さい。僕は悲鳴をあげたくはないのです。しかし精根ここにつきて余儀なければしゃあしゃあとして悲鳴を唄う曲芸も演じます。

※1 道徳が衰え、乱れた世。末世。 ※2 瞑想で精神集中が深まりきった状態。サマーディ。
※3 目下の人に対し、尊大に、自分をさしていう一人称代名詞。我が輩。 ※4 若い女性。
※5 若い男性。 ※6 男女が集まり、飲食、歌舞、交歓した行事。歌垣。

キャラクターファイル——

文豪読み解きミニ事典

——坂口安吾

直筆原稿

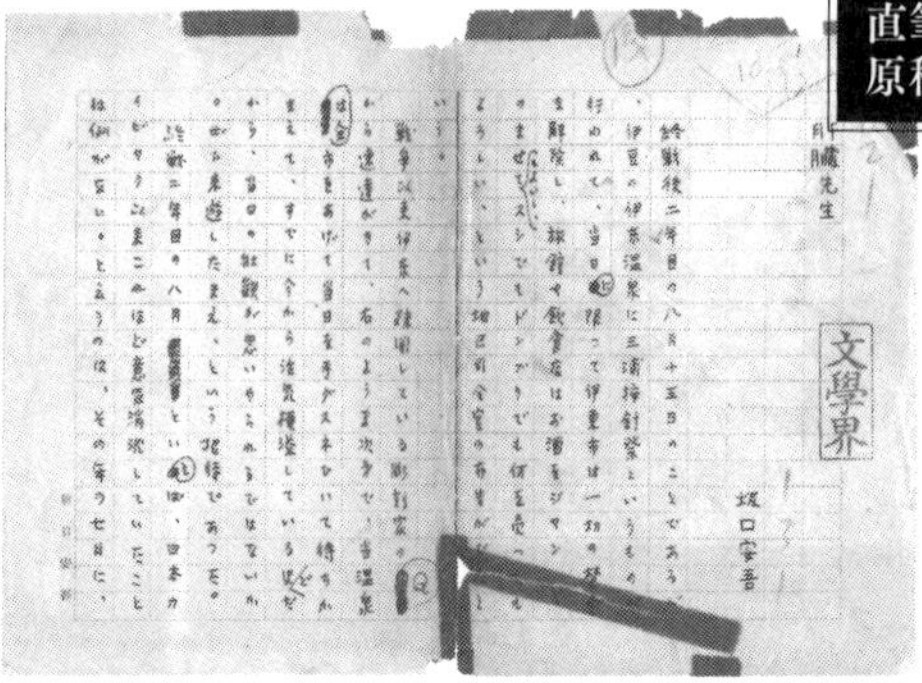

「肝臓先生」

どの患者も肝臓病に診たてたことから〝肝臓先生〟と呼ばれた伊東の実在の開業医・佐藤清一をモデルにした安吾の短篇小説。昭和25年、『文学界』に発表された（新潟市役所所蔵）

生の声

デビュー当時の心境・状況

〔坂口安吾はエッセイ「二十七歳」で文壇デビュー当時を語っている〕

私はそのとき二十七であった。私は新進作家とよばれ、そのころ、全く、馬鹿げた、良い気な生活に明けくれていた。

当時の文壇は大家中堅クツワをならべ、世は不況のドン底時代で、雑誌の数が少なく、原稿料を払う雑誌などいくつもないから、新人のでる余地がない。そういう時代に、ともかく新進作家となった私は、ところが、生れて三ツほど小説を書いたばかり、私は誘われて同人雑誌にはいりはしたが、どうせ生涯落伍者だと思っており、モリエールだのボルテールだの、そんなものばかり読んでおり、自分で何を書かねばならぬか、文学者たる根柢的《こんていてき》な意欲すらなかった。私はただ文章が巧かったので、先輩諸家に買いかぶられて、唐突に、新進作家ということになってしまったまでであった。〔中略〕

　私はしかし自信はなかった。ない筈だ。根柢がないのだ。文章があるだけ。その文章もうぬぼれる程のものではないので、こんなチャチな小説で、ほめられたり、一躍新進作家になろうなどと夢にも思っていなかった。〔中略〕

　私が酒を飲みだしたのは牧野信一と知ってからで、私の処女作は「木枯の酒倉から」というノンダクレの手記だけれども、実は当時は一滴も酒をのまなかったのである。

トピック❶　自己に暗いから「暗吾《アンゴ》」

　小学生の安吾はスポーツ万能で学業成績もよく、正義感の強いガキ大将だったようだ。その成績優秀の安吾が１９１９（大正8）年に新潟中学に入学すると途端に中学を欠席するようになる。安吾は「近視が悪化して最前列でも黒板の字が見えなくなったから」と書き残しているが本当の理由は別にあったようだ。

　この当時、渋谷哲治という漢文教師が「炳五《へいご》という名は勿体ない。自己に暗いからアンゴと名のれ」といって、黒板に「暗吾」と大書きし、それ以来「アンゴ」があだ名になったという。これが後のペンネーム「安吾」になる。様々な事件が重なり、退学になってしまった安吾は、１９２２（大正11）年9月、家族とともに東京に出てくることになるのである。

トピック❷　坂口安吾の初恋

　同人誌に小説を発表するようになった安吾は、牧野信一、三好達治、河上徹太郎、大岡昇平、井伏鱒二などと飲み歩くようになった。よく行ったのは新橋の「よしの屋」、銀座の「はせ川」、京橋の

「ウィンゾアー」だった。そして、1932（昭和7）年、坂口安吾の〝初恋の人〟と言われる矢田津世子と「ウィンゾアー」で出会うのである。

矢田は名古屋から上京したばかりの新人の小説家で、川端康成から女優になることを勧められたほどの美貌の女性だった。その後、矢田と安吾は互いの家を行き来するようになり、手紙もやり取りするように。安吾は矢田に夢中になるが、矢田は時事新報の和田部長の愛人ということを知り、ひどく落ち込む。

その落胆を打ち消すためか、安吾はこの時期、バーの女給とホテルを泊まり歩いたり、娼家に出入りしたりしていた。蒲田の「ボヘミアン」というバーのマダムお安とは彼女の部屋で同棲もしている。矢田と安吾は、手紙で真面目に文学について語り、互いの精進を誓い合う。2年ほど会わない期間を開けた後、1936（昭和11）年、ふたりは再会。しかし、人生観の違いに気がつき、矢田にキスして別れ、その後絶縁するが、その後も矢田への思いに苦しむのだ。

その後、矢田は安吾に会わぬまま、1944（昭和19）年3月14日、肺結核のため下落合の自宅で死去する。

矢田津世子（日本近代文学館提供）

トピック③

なかなか結婚しなかった安吾

1947（昭和22）年3月、安吾は新宿のバー「チトセ」で後に妻となる梶三千代と出逢い、毎週水曜日に安吾の家に通う秘書とすることを約束。

三千代は安吾邸に〝出勤〟するが最初から同棲状態となる。伊東市への転居の際もずっと同棲を続けるがなかなか籍を入れず、同棲してから6年目、1953（昭和28）年に三千代は桐生市で長男綱男を出産。桐生市役所に出生届を提出する際に、正式に三千代との結婚届を提出した。

トピック④ 競輪に熱中し事件も

1949（昭和24）年8月、睡眠剤常用による中毒症状で精神を病み、転地療養で伊東に住み着いた安吾は、翌年当地にできた競輪場に足繁く通うになった。何にでも夢中になると没頭する安吾は、徹底的にデータを分析し、次第に予想が当たるようになったという。そして、1位と2位が写真判定ですり替えられたとして、地方検察庁に静岡県自転車振興会を告発。同年12月に嫌疑不十分で不起訴となった。

この事件がきっかけで伊東にいられなくなった安吾は東京に戻ることになるのだが、この伊東にいた期間に書かれたのが映画にもなった小説「肝臓先生」だ。

トピック⑤ 染太郎火傷未遂事件

東京浅草にある日本最古といわれるお好み焼き屋「風流お好み焼き　染太郎」。開店は1937（昭和12）年で、江戸川乱歩、高見順など多くの文豪、著名人に愛された店として有名だが、中でも坂口安吾は同店の2階に下宿して執筆するなど、頻繁に出入りしていた。

そんな安吾が1954（昭和29）年11月4日、酔っ払って立ち上がる時に鉄板に手をついてしまう。女主人、崎本はるさんは慌てずに冷蔵庫から氷の塊を取り出し、安吾の手に載せ、「この人は物書きだから大事な手」といいながら氷を押しつけ続けた。これで大やけどには至らずにすんだ安吾だったが、後日これに感謝して色紙に「テッパンに手をつきてヤケドせざりき男もあり」と書き、はるさんに贈ったという。染太郎には今でも安吾のこの色紙が飾られている。

トピック❻ 2月17日は安吾忌

1955（昭和30）年2月15日、安吾は高知の取材旅行から桐生市の自宅に帰ったが、17日早朝、「舌がもつれる」と言いながら突然痙攣を起こし自宅で倒れ、脳溢血で急死した。21日に尾崎士郎を葬儀委員長として、東京・青山斎場で葬儀が行われ、尾崎士郎、川端康成や佐藤春夫、青野季吉らが弔辞を読んだ。遺骨は、新潟市秋葉区大安寺の坂口家墓所に葬られたが、墓石には安吾の名や戒名は一切記されていない。

命日2月17日は「安吾忌」とされ、新潟市の大安寺や護国神社の安吾詩碑などにファンが集う。

新潟市にある「安吾 風の館」（新潟市役所提供）

聖地巡礼❶ 安吾　風の館

「安吾　風の館」は、坂口安吾の生まれ育った新潟市中央区西大畑町にある文化施設。旧市長公舎を活用し、安吾の遺族から寄贈された約8000点の遺品や所蔵資料を展示している。なお、同じ新潟市中央区の新潟大神宮の参道には坂口安吾生誕碑が、また新潟縣護國神社境内の寄居浜を見下ろす砂丘には坂口安吾碑が立てられている。

アクセス　安吾　風の館
新潟県新潟市中央区西大畑町5927−9

聖地巡礼❷ 肝臓先生御夫妻顕彰碑

「肝臓先生」のモデルとなった佐藤清一医師を讃えた坂口安吾の詩が刻まれた石碑。1975（昭和50）年5月25日、肝臓先生友の会が天城診療所跡に建立したが、現在は伊東市立伊東図書館の敷地内に移設。佐藤清一は俳句をたしなみ、山本六丁子の弟子で俳号を十雨という。1950（昭和25）年、安吾は『文学界』に「肝臓先生」を発表。内容のほとんどは肝臓先生が語ったそのままを小説にしている。

アクセス　肝臓先生御夫妻顕彰碑
静岡県伊東市音無町5－14　伊東市立伊東図書館敷地内

坂口家墓所（photolibrary）

聖地巡礼❸ 坂口安吾の墓所

坂口安吾の遺骨は、新潟市秋葉区大安寺の坂口家墓地に葬られた。なお、大安寺は地名で、大安寺という寺はない。

秋葉区には、坂口安吾関連の文学碑が3つあり、「あちらこちら命がけ」と「桜の森の満開の下」が刻まれた石碑と、作家檀一雄が安吾の墓参りの時に詠んだ句「亡き友の泳ぎし跡か川広し」の句碑だ。

アクセス　大安寺の坂口家墓所
新潟県新潟市秋葉区大安寺509

V

NAKAJIMA ATSUSHI

中島敦

デビュー作
山月記——1941（昭和16年）

デビュー作
文字禍——1941（昭和16年）

中島敦（なかじま　あつし）

１９０９（明治42）年、東京生まれ。東京帝国大学卒。横浜高等女学校に教員として勤務しながら執筆をつづけ、１９４１（昭和16）年に「古潭」（「山月記」と「文字禍」）を『文學界』に発表し作家デビュー。作家スティーヴンソンの晩年を描いた「光と風の夢」が芥川賞候補に挙がる。他の代表作に「李陵」など。１９４２（昭和17）年に病死するも、残した作品の完成度の高さから没後に評価を高める。享年33。

ブレークまでの道のり

文壇デビューと同年に没した「敦先生」

中島敦の文壇デビューは1942（昭和16）年2月。1909（明治42）年生まれなので、33歳だった。そして没したのも同じ年の12月である。

中島敦は東京四谷の生まれで、父は中学校、母は小学校の、共に教員だったが、中島が産まれて間もなく離婚。中島は埼玉県の父の実家で育てられたが、6歳のときに再婚した父の元に戻り岡山県で暮らした。その後父の転勤のため、浜松を経て11歳からは朝鮮総督府の小学校から中学時代を朝鮮半島で過ごしている。このときの経験がその後の作品に大きな影響を与えたとされている。

そして第一高等学校に合格した中島は日本に戻り、東京帝国大学（現・東京大学）文学部国文学科に進学する。

東京帝国大学卒業にあたって、中島は朝日新聞社などを受験するも失敗してしてしまい、1933年（昭和8）年4月に、漢学者だった祖父の弟子が理事長を務めていた横浜高等女学校に教員として就職することになった。国語と英語、のちには歴史や地理も担当した。

中島は、1年4組の66人の女生徒の担任となったが、大学を出たての青年教師は女生徒たちにも人気で、「敦先生」のファンだったある女生徒は、敦先生の時間にだけ、教卓にバラの花を飾ったという。

中島の教え子の中にはのちの女優・原節子（本名：會田昌江）もいた。

なお、この女学校に在籍中に書いたのがデビュー作にして代表作の「山月記」である。

中島は、1941（昭和16）年に休職するまでの9年間、勤務した。のちに中島は、この横浜高等女学校時代の体験をもとに、3編の短篇小説を書いている。「かめれおん日記」と「狼疾記」、そして「無題」としている未完の一編。

同年、中島は喘息の転地療養を目的に南洋庁の役人としてパラオ（現・パラオ共和国）に赴任した。しかし、パラオの気候は、転地療養には不向きで劣悪なものだった。平均気温は日本の真夏よりも高く、湿度も約2倍。中島は著しく健康を害する。さらに、アメーバ赤痢、デング熱と次々に病気に見舞われ、喘息はさらに悪化してしまう。また、労働者として現地の人々を使い捨てにする政府の方針に、仕事への熱意は次第に失われていった。結局、夜も眠れないほど症状が悪化した中島は、パラオでは原稿をまったく書くことなく、同年12月末には内地への異動を希望することになった。

だがこの時、日本国内では中島の人生にとって大きな動きが起きていた。それは、パラオに発つ前に知人で作家の深田久弥に託したいくつかの原稿のうち、4編からなる「古潭」のうち「山月記」と「文字禍」の2編が雑誌『文學界』に掲載されることが決まったのだ。2編が掲載されたのは1942（昭和17）年2月号だった。

中島がパラオを発って、日本に向かう船に乗ったのは同年3月だったが、「山月記」と「文字禍」はいずれも好評を博していた。

山月記

隴西《ろうさい》の李徴《りちょう》は博学才穎《さいえい》、天宝の末年、若くして名を※1虎榜《こぼう》に連ね、ついで※2江南尉《こうなんい》に補せられたが、性、狷介《けんかい》、自《みずか》ら恃《たの》むところ頗《すこぶ》る厚く、賤吏《せんり》に甘んずるを潔《いさぎよ》しとしなかった。いくばくもなく官を退いた後は、故山《こざん》、虢略《かくりゃく》に帰臥《きが》し、人と交《まじわり》を絶って、ひたすら詩作に耽《ふけ》った。下吏となって長く膝《ひざ》を俗悪な大官の前に屈するよりは、詩家としての名を死後百年に遺《のこ》そうとしたのである。しかし、文名は容易に揚《あが》らず、生活は日を逐《お》うて苦しくなる。李徴は漸《ようや》く焦躁《しょうそう》に駆られて来た。この頃《ごろ》からその容貌《ようぼう》も峭刻《しょうこく》となり、肉落ち骨秀《ほねひい》で、眼光のみ徒《いたず》らに炯々《けいけい》として、曾《かつ》て進士に登第《とうだい》した頃の豊頬《ほうきょう》の美少年の俤《おもかげ》は、何処《どこ》に求めようもない。数年の後、貧窮に堪《た》えず、妻子の衣食のために遂《つい》に節を屈して、再び東へ赴《おもむ》き、一地方官吏の職を奉ずることになった。一方、これは、己《おのれ》の詩業に半ば絶望したためでもある。曾ての同輩は既に遥《はる》か高位に進み、彼が昔、鈍物として歯牙《しが》にもかけなかったその連中の下命を拝さねばならぬことが、往年の儁才《しゅんさい》李徴の自尊心を如何《いか》に傷《きずつ》けたかは、想像に難《かた》くない。彼は怏々《おうおう》として楽しまず、※3狂悖《きょうはい》の性は愈々《いよいよ》抑え難《がた》くなった。一年の後、公用で旅に出、汝水《じょすい》のほとりに宿った時、遂に発狂した。或《ある》夜半、急に顔色を変えて寝床から起上ると、何か訳の分らぬことを叫びつつそのまま下にとび下りて、闇《やみ》の中へ駈出《かけだ》した。彼は二度と戻《もど》って来なかった。附近の山野を捜索しても、何の手掛りもない。その後李徴がどうなったかを知る者は、誰《だれ》もなかった。

翌年、監察御史《かんさつぎょし》、陳郡《ちんぐん》の袁傪《えんさん》という者、勅命を奉じて嶺南《れいなん》に使《つかい》し、途《みち》に商於《しょうお》の地に宿った。次の朝未《ま》だ暗い中《うち》に出発しようとしたところ、駅吏が言うことに、これから先の道に人喰虎《ひとくいとら》が出る故《ゆえ》、旅人は白昼でなければ、通れない。今はまだ朝が早いから、今少し待たれたが宜《よろ》しいでしょうと。袁傪は、しかし、供廻《ともまわ》りの多勢なのを恃み、駅吏の言葉を斥《しりぞ》けて、出発した。残月の光をたよりに林中の草地を通って行った時、果して一匹の猛虎《もうこ》が叢《くさむら》の中から躍り出た。虎は、あわや袁傪に躍りかかるかと見えたが、忽《たちま》ち身を翻《ひるがえ》して、元の叢に隠れた。叢の中から人間の声で「あぶないところだった」と繰返し呟《つぶや》くのが聞えた。その声に袁傪は聞き憶《おぼ》えがあった。驚懼《きょうく》の中にも、彼は咄嗟《とっさ》に思いあたって、叫んだ。「その声は、我が友、李徴子ではないか？」袁傪は李徴と同年に進士の第に登り、友人の少かった李徴にとっては、最も親しい友であった。温和な袁傪の性格が、峻峭《しゅんしょう》な李徴の性情と衝突しなかったためであろう。

叢の中からは、暫《しばら》く返辞が無かった。しのび泣きかと思われる微《かす》かな声が時々洩《も》れるばかりである。ややあって、低い声が答えた。「如何にも自分は隴西の李徴である」と。

袁傪は恐怖を忘れ、馬から下りて叢に近づき、懐《なつ》かしげに久闊《きゅうかつ》を叙した。そして、何故《なぜ》叢から出て来ないのかと問うた。李徴の声が答えて言う。自分は今や異類の身となっている。どうして、おめおめと故人《とも》の前にあさましい姿をさらせようか。かつ又、自分が姿を現せば、必ず君に畏怖嫌厭《いふけんえん》の情を起させるに決っているからだ。しかし、今、図らずも故人に遇《あ》うことを得て、※4愧《き》赧《たん》の念をも忘れる程に懐かしい。どうか、ほんの暫くでいいから、我が醜悪な今の外形を厭《いと》わず、曾て君の友李徴であったこの自分と話を交してくれないだろうか。

　後で考えれば不思議だったが、その時、袁傪は、この超自然の怪異を、実に素直に受容《うけい》れて、少しも怪《あや》しもうとしなかった。彼は部下に命じて行列の進行を停《と》め、自分は叢の傍《かたわら》に立って、見えざる声と対談した。都の噂《うわさ》、旧友の消息、袁傪が現在の地位、それに対する李徴の祝辞。青年時代に親しかった者同志の、あの隔てのない語調で、それ等《ら》が語られた後、袁傪は、李徴がどうして今の身となるに至ったかを訊《たず》ねた。草中の声は次のように語った。

　今から一年程前、自分が旅に出て汝水のほとりに泊った夜のこと、一睡してから、ふと眼《め》を覚ますと、戸外で誰かが我が名を呼んでいる。声に応じて外へ出て見ると、声は闇の中から頻《しき》りに自分を招く。覚えず、自分は声を追うて走り出した。無我夢中で駈けて行く中に、何時《いつ》しか途は山林に入り、しかも、知らぬ間に自分は左右の手で地を攫《つか》んで走っていた。何か身体《からだ》中に力が充《み》ち満ちたような感じで、軽々と岩石を跳び越えて行った。気が付くと、手先や肱《ひじ》のあたりに毛を生じているらしい。少し明るくなってから、谷川に臨んで姿を映して見ると、既に虎となっていた。自分は初め眼を信じなかった。次に、これは夢に違いないと考えた。夢の中で、これは夢だぞと知っているような夢を、自分はそれまでに見たことがあったから。どうしても夢でないと悟らねばならなかった時、自分は茫然《ぼうぜん》とした。そうして懼《おそ》れた。全く、どんな事でも起り得るのだと思うて、深く懼れた。しかし、何故こんな事になったのだろう。分らぬ。全く何事も我々には判《わか》らぬ。理由も分らずに押付けられたものを大人しく受取って、理由も分らずに生きて行くのが、我々生きもののさだめだ。自分は直《す》ぐに死を想《おも》うた。しかし、その時、眼の前を一匹の兎《うさぎ》が駈け過ぎるのを見た途端に、自分の中の人間は忽ち姿を消した。再び自分の中の人間が目を覚ました時、自分の口は兎の血に塗《まみ》れ、あたりには兎の毛が散らばっていた。これが虎としての最初の経験であった。それ以来今までにどんな所行をし続けて来たか、それは到底語るに忍びない。ただ、一日の中に必ず数時間は、人間の心が還《かえ》って来る。そういう時には、曾ての日と同じく、人語も操《あやつ》れれば、複雑な思考にも堪え得るし、経書《けいしょ》の章句を誦《そら》んずることも出来る。その人間の心で、虎としての己《おのれ》の残虐《ざんぎゃく》な行《おこない》のあとを見、己の運命をふりかえる時が、最も情なく、恐しく、憤《いきどお》ろしい。しかし、その、人間にかえる数時間も、日を経るに従って次第に短くなって行く。今までは、どうして虎などになったかと怪しんでいたのに、この間ひょいと気が付いて見たら、己《おれ》はどうして以前、人間だったのかと考えていた。これは恐しいことだ。今少し経《た》てば、己《おれ》の中の人間の心は、獣としての習慣の中にすっかり埋《うも》れて消えて了《しま》うだろう。ちょうど、古い宮殿の礎《いしずえ》が次第に土砂に埋没するように。そうすれば、しまいに己は自分の過去を忘れ果て、一匹の虎として狂い廻り、今日のように途で君と出会っても故人《とも》と認めることなく、君を裂き喰《くろ》うて何の悔《くい》も感じないだろう。一体、獣でも人間でも、もとは何か他《ほか》のものだったんだろう。初めはそれを憶えているが、次第に忘れて了い、初めから今の形のものだったと思い込んでいるのではないか？　いや、そんな事はどうでもいい。己の中の人間の心がすっかり消えて了《しま》えば、恐らく、その方が、己はしあわせになれるだろう。だのに、己の中の人間は、その事を、この上なく恐しく感じているのだ。ああ、全く、どんなに、恐しく、哀《かな》しく、切なく思っているだろう！　己が人間だった記憶のなくなることを。この気持は誰にも分らない。誰にも分らない。己と同じ身の上に成った者でなければ。ところで、そうだ。己がすっかり人間でなくなって了う前に、一つ頼んで置きたいことがある。

袁傪はじめ一行は、息をのんで、叢中《そうちゅう》の声の語る不思議に聞入っていた。声は続けて言う。

他でもない。自分は元来詩人として名を成す積りでいた。しかも、業未《いま》だ成らざるに、この運命に立至《たちいた》った。曾《かつ》て作るところの詩数百篇《ぺん》、固《もと》より、まだ世に行われておらぬ。遺稿の所在も最早《もはや》判らなくなっていよう。ところで、その中、今も尚《なお》記誦《きしょう》せるものが数十ある。これを我が為《ため》に伝録して戴《いただ》きたいのだ。何も、これに仍《よ》って一人前の詩人面《づら》をしたいのではない。作の巧拙《こうせつ》は知らず、とにかく、産を破り心を狂わせてまで自分が生涯《しょうがい》それに執着したところのものを、一部なりとも後代に伝えないでは、死んでも死に切れないのだ。

袁傪は部下に命じ、筆を執って叢中の声に随《したが》って書きとらせた。李徴の声は叢の中から朗々と響いた。長短凡《およ》そ三十篇、格調高雅、意趣卓逸、一読して作者の才の非凡を思わせるものばかりである。しかし、袁傪は感嘆しながらも漠然《ばくぜん》と次のように感じていた。成程《なるほど》、作者の素質が第一流に属するものであることは疑いない。しかし、このままでは、第一流の作品となるのには、何処《どこ》か（非常に微妙な点に於《おい》て）欠けるところがあるのではないか、と。

旧詩を吐き終った李徴の声は、突然調子を変え、自らを嘲《あざけ》るか如《ごと》くに言った。

羞《はずか》しいことだが、今でも、こんなあさましい身と成り果てた今でも、己《おれ》は、己の詩集が長安《ちょうあん》風流人士の机の上に置かれている様を、夢に見ることがあるのだ。岩窟《がんくつ》の中に横たわって見る夢にだよ。嗤《わら》ってくれ。詩人に成りそこなって虎になった哀れな男を。（袁傪は昔の青年李徴の自《じ》嘲癖《ちょうへき》を思出しながら、哀しく聞いていた。）そうだ。お笑い草ついでに、今の懐《おもい》を即席の詩に述べて見ようか。この虎の中に、まだ、曾ての李徴が生きているしるしに。

袁傪は又下吏に命じてこれを書きとらせた。その詩に言う。

※5偶因狂疾成殊類　災患相仍不可逃
今日爪牙誰敢敵　当時声跡共相高
我為異物蓬茅下　君已乗軺気勢豪
此夕渓山対明月　不成長嘯但成嘷

時に、残月、光冷《ひや》やかに、白露は地に滋《しげ》く、樹間を渡る冷風は既に暁の近きを告げていた。人々は最早、事の奇異を忘れ、粛然として、この詩人の薄倖《はっこう》を嘆じた。李徴の声は再び続ける。

何故《なぜ》こんな運命になったか判らぬと、先刻は言ったが、しかし、考えように依《よ》れば、思い当ることが全然ないでもない。人間であった時、己《おれ》は努めて人との交《まじわり》を避けた。人々は己を倨傲《きょごう》だ、尊大だといった。実は、それが殆《ほとん》ど羞恥《しゅうち》心《しん》に近いものであることを、人々は知らなかった。勿論《もちろん》、曾ての郷党《きょうとう》の鬼才といわれた自分に、自尊心が無かったとは云《い》わない。しかし、それは臆病《おくびょう》な自尊心とでもいうべきものであった。己は詩によって名を成そうと思いながら、進んで師に就いたり、求めて詩友と交って切磋《せっさ》琢磨《たくま》に努めたりすることをしなかった。かといって、又、己は俗物の間に伍《ご》することも潔しとしなかった。共に、我が臆病な自尊心と、尊大な羞恥心との所為《せい》である。己《おのれ》の珠《たま》に非《あら》ざることを惧《おそ》れるが故《ゆえ》に、敢《あえ》て刻苦して磨《みが》こうともせず、又、己の珠なるべきを半ば信ずるが故に、碌々《ろくろく》として瓦《かわら》に伍することも出来なかった。己《おれ》は次第に世と離れ、人と遠ざかり、憤悶《ふんもん》と慙恚《ざんい》とによって益々《ますます》己《おのれ》の内なる臆病な自尊心を飼いふとらせる結果になった。人間は誰でも猛獣使であり、その猛獣に当るのが、各人の性情だという。己《おれ》の場合、この尊大な羞恥心が猛獣だった。虎だったのだ。これが己を損い、妻子を苦しめ、友人を傷つけ、果ては、己の外形をかくの如く、内心にふさわしいものに変えて了ったのだ。今思えば、全く、己は、己の有《も》っていた僅《わず》かばかりの才能を空費して了った訳だ。人生は何事をも為《な》さぬには余りに長いが、何事かを為すには余りに短いなどと口先ばかりの警句を弄《ろう》しながら、事実は、才能の不足を暴露《ばくろ》するかも知れないとの卑怯《ひきょう》な危惧《きぐ》と、刻苦を厭《いと》う怠惰とが己の凡《すべ》てだったのだ。己よりも遥かに乏しい才能でありながら、それを専一に磨いたがために、堂々たる詩家となった者が幾らでもいるのだ。虎と成り果てた今、己は漸《ようや》くそれに気が付いた。それを思うと、己は今も胸を灼《や》かれるような悔を感じる。己には最早人間としての生活は出来ない。たとえ、今、己が頭の中で、どんな優れた詩を作ったにしたところで、どういう手段で発表できよう。まして、己の頭は日《ひ》毎《ごと》に虎に近づいて行く。どうすればいいのだ。己の空費された過去は？　己は堪《たま》らなくなる。

そういう時、己は、向うの山の頂の巖《いわ》に上り、空谷《くうこく》に向《むか》って吼《ほ》える。この胸を灼く悲しみを誰かに訴えたいのだ。己は昨夕も、彼処《あそこ》で月に向って咆《ほ》えた。誰かにこの苦しみが分って貰《もら》えないかと。しかし、獣どもは己の声を聞いて、唯《ただ》、懼《おそ》れ、ひれ伏すばかり。山も樹《き》も月も露も、一匹の虎が怒り狂って、哮《たけ》っているとしか考えない。天に躍り地に伏して嘆いても、誰一人己の気持を分ってくれる者はない。ちょうど、人間だった頃、己の傷つき易《やす》い内心を誰も理解してくれなかったように。己の毛皮の濡《ぬ》れたのは、夜露のためばかりではない。

漸《ようや》く四辺《あたり》の暗さが薄らいで来た。木の間を伝って、何処《どこ》からか、※6暁角《ぎょうかく》が哀しげに響き始めた。

最早、別れを告げねばならぬ。酔わねばならぬ時が、(虎に還らねばならぬ時が)近づいたから、と、李徴の声が言った。だが、お別れする前にもう一つ頼みがある。それは我が妻子のことだ。彼等《かれら》は未《ま》だ虢略《かくりゃく》にいる。固より、己の運命に就いては知る筈《はず》がない。君が南から帰ったら、己は既に死んだと彼等に告げて貰えないだろうか。決して今日のことだけは明かさないで欲しい。厚かましいお願だが、彼等の孤弱《こじゃく》を憐《あわ》れんで、今後とも道塗《どうと》に飢凍《きとう》することのないように計らって戴けるならば、自分にとって、恩倖《おんこう》、これに過ぎたるは莫《な》い。

言終って、叢中から慟哭《どうこく》の声が聞えた。袁もまた涙を泛《うか》べ、欣《よろこ》んで李徴の意に副《そ》いたい旨《むね》を答えた。李徴の声はしかし忽《たちま》ち又先刻の自嘲的な調子に戻《もど》って、言った。

本当は、先《ま》ず、この事の方を先にお願いすべきだったのだ、己が人間だったなら。飢え凍えようとする妻子のことよりも、己《おのれ》の乏しい詩業の方を気にかけているような男だから、こんな獣に身を堕《おと》すのだ。
そうして、附加《つけくわ》えて言うことに、袁傪が嶺南からの帰途には決してこの途《みち》を通らないで欲しい、その時には自分が酔っていて故人《とも》を認めずに襲いかかるかも知れないから。又、今別れてから、前方百歩の所にある、あの丘に上ったら、此方《こちら》を振りかえって見て貰いたい。自分は今の姿をもう一度お目に掛けよう。勇に誇ろうとしてではない。我が醜悪な姿を示して、以《もっ》て、再び此処《ここ》を過ぎて自分に会おうとの気持を君に起させない為であると。

袁傪は叢に向って、懇《ねんご》ろに別れの言葉を述べ、馬に上った。叢の中からは、又、堪《た》え得ざるが如き悲泣《ひきゅう》の声が洩《も》れた。袁傪も幾度か叢を振返りながら、涙の中に出発した。

一行が丘の上についた時、彼等は、言われた通りに振返って、先程の林間の草地を眺《なが》めた。忽《たちま》ち、一匹の虎が草の茂みから道の上に躍り出たのを彼等は見た。虎は、既に白く光を失った月を仰いで、二声三声咆哮《ほうこう》したかと思うと、又、元の叢に躍り入って、再びその姿を見なかった。

※1 科挙合格者の名札。　※2 江南地方の武官。　※3 非常識で不道徳な言動をすること。
※4 恥じて赤面すること。　※5〔大意〕思いがけず狂気の獣になってしまい、逃れることができない。世の評判が高かった君と私だが、獣の私は草むらの中に、君は立派な高官として車の中にいる。山野を照らす名月の下で出会ったが、私は歌うこともできず悲しく吠えるばかりだ。
※6 夜明けを告げる角笛。

文字禍

文字の霊《れい》などというものが、一体、あるものか、どうか。

アッシリヤ人は無数の精霊を知っている。夜、闇《やみ》の中を跳梁《ちょうりょう》するリル、その雌《めす》のリリツ、疫病《えきびょう》をふり撒《ま》くナムタル、死者の霊エティンム、誘拐者《ゆうかいしゃ》ラバス等《など》、数知れぬ悪霊《あくりょう》共がアッシリヤの空に充《み》ち満ちている。しかし、文字の精霊については、まだ誰《だれ》も聞いたことがない。

その頃《ころ》——というのは、[※1]アシュル・バニ・アパル大王の治世第二十年目の頃だが——ニネヴェの宮《きゅう》廷《てい》に妙《みょう》な噂《うわさ》があった。毎夜、図書館の闇の中で、ひそひそと怪《あや》しい話し声がするという。王兄シャマシュ・シュム・ウキンの謀叛《むほん》がバビロンの落城でようやく鎮《しず》まったばかりのこととて、何かまた、不《ふ》逞《てい》の徒の陰謀《いんぼう》ではないかと探ってみたが、それらしい様子もない。どうしても何かの精霊どもの話し声に違《ちが》いない。最近に王の前で処刑《しょけい》されたバビロンからの俘囚《ふしゅう》共の死霊の声だろうという者もあったが、それが本当でないことは誰にも判《わか》る。千に余るバビロンの俘囚はことごとく舌を抜《ぬ》いて殺され、その舌を集めたところ、小さな築山《つきやま》が出来たのは、誰知らぬ者のない事実である。舌の無い死霊に、しゃべれる訳がない。星占《ほしうらない》や羊肝卜《ようかんぼく》で空《むな》しく探索《たんさく》した後、これはどうしても書物共あるいは文字共の話し声と考えるより外はなくなった。ただ、文字の霊（というものが在るとして）とはいかなる性質をもつものか、それが皆目《かいもく》判らない。アシュル・バニ・アパル大王は巨眼縮髪《きょがんしゅくはつ》の老博士ナブ・アヘ・エリバを召《め》して、この未知の精霊についての研究を命じたもうた。

その日以来、ナブ・アヘ・エリバ博士は、日ごと問題の図書館（それは、その後二百年にして地下に埋没《まいぼつ》し、更《さら》に二千三百年にして偶然発掘《ぐうぜんはっくつ》される運命をもつものであるが）に通って万巻の書に目をさらしつつ研鑽《けんさん》に耽《ふけ》った。両河地方《メソポタミヤ》では埃及《エジプト》と違って紙草《パピルス》を産しない。人々は、粘土《ねんど》の板に硬筆《こうひつ》をもって複雑な楔形《くさびがた》の符号《ふごう》を彫《ほ》りつけておった。書物は瓦《かわら》であり、図書館は瀬戸物屋《せともの や》の倉庫に似ていた。老博士の卓子《テーブル》（その脚《あし》には、本物の獅子《しし》の足が、爪《つめ》さえそのままに使われている）の上には、毎日、累々《るいるい》たる瓦の山がうずたかく積まれた。それら重量ある古知識の中から、彼《かれ》は、文字の霊についての説を見出《みいだ》そうとしたが、無駄《むだ》であった。文字はボルシッパなるナブウの神の司《つかさど》りたもう所とより外《ほか》には何事も記されていないのである。文字に霊ありや無しやを、彼は自力で解決せねばならぬ。博士は書物を離《はな》れ、ただ一つの文字を前に、終日それと睨《にら》めっこをして過した。卜者《ぼくしゃ》は羊の肝臓《かんぞう》を凝視《ぎょうし》することによってすべての事象を直観する。彼もこれに倣《なら》って凝視と静観とによって真実を見出そうとしたのである。その中《うち》に、おかしな事が起った。一つの文字を長く見詰《みつ》めている中に、いつしかその文字が解体して、意味の無い一つ一つの線の交錯《こうさく》としか見えなくなって来る。単なる線の集りが、なぜ、そういう音とそういう意味とを有《も》つことが出来るのか、どうしても解《わか》らなくなって来る。老儒《ろうじゅ》ナブ・アヘ・エリバは、生れて初めてこの不思議な事実を発見して、驚《おどろ》いた。今まで七十年の間当然と思って看過していたことが、決して当然でも必然でもない。彼は眼《め》から鱗《うろこ》の落ちた思がした。単なるバラバラの線に、一定の音と一定の意味とを有たせるものは、何か？　ここまで思い到《いた》った時、老博士は躊躇《ちゅうちょ》なく、文字の霊の存在を認めた。魂《たましい》によって統べられない手・脚・頭・爪・腹等が、人間ではないように、一つの霊がこれを統べるのでなくて、どうして単なる線の集合が、音と意味とを有つことが出来ようか。

　この発見を手始めに、今まで知られなかった文字の霊の性質が次第に少しずつ判って来た。文字の精霊の数は、地上の事物の数ほど多い、文字の精は野鼠《のねずみ》のように仔《こ》を産んで殖《ふ》える。

　ナブ・アヘ・エリバはニネヴェの街中を歩き廻《まわ》って、最近に文字を覚えた人々をつかまえては、根気よく一々尋《たず》ねた。文字を知る以前に比べて、何か変ったようなところはないかと。これによって文字の霊の人間に対する作用《はたらき》を明らかにしようというのである。さて、こうして、おかしな統計が出来上った。それによれば、文字を覚えてから急に蝨《しらみ》を捕《と》るのが下手《へた》になった者、眼に埃《ほこり》が余計はいるようになった者、今まで良く見えた空の鷲《わし》の姿が見えなくなった者、空の色が以前ほど碧《あお》くなくなったという者などが、圧倒的《あっとうてき》に多い。「文字ノ精ガ人間ノ眼ヲ喰《く》イアラスコト、猶《なお》、蛆虫《うじむし》ガ胡桃《くるみ》ノ固キ殻《から》ヲ穿《うが》チテ、中ノ実ヲ巧《たくみ》ニ喰イツクスガ如《ごと》シ」と、ナブ・アヘ・エリバは、新しい粘土の備忘録に誌《しる》した。文字を覚えて以来、咳《せき》が出始めたという者、くしゃみが出るようになって困るという者、しゃっくりが度々出るようになった者、下痢《げり》するようになった者なども、かなりの数に上る。「文字ノ精ハ人間ノ鼻・咽喉《のど》・腹等ヲモ犯スモノノ如シ」と、老博士はまた誌した。文字を覚えてから、にわかに頭髪の薄《うす》くなった者、脚の弱くなった者、手足の顫《ふる》えるようになった者、顎《あご》がはずれ易《やす》くなった者もいる。しかし、ナブ・アヘ・エリバは最後にこう書かねばならなかった。「文字ノ害タル、人間ノ頭脳ヲ犯シ、精神ヲ痲痺《まひ》セシムルニ至ッテ、スナワチ極マル。」文字を覚える以前に比べて、職人は腕《うで》が鈍《にぶ》り、戦士は臆病《おくびょう》になり、猟師《りょうし》は獅子を射損《いそこな》うことが多くなった。これは統計の明らかに示す所である。文字に親しむようになってから、女を抱《だ》いても一向楽しゅうなくなったという訴《うった》えもあった。もっとも、こう言出したのは、七十歳《さい》を越《こ》した老人であるから、これは文字のせいではないかも知れぬ。ナブ・アヘ・エリバはこう考えた。埃及人は、ある物の影《かげ》を、その物の魂の一部と見做《みな》しているようだが、文字は、その影のようなものではないのか。

獅子という字は、本物の獅子の影ではないのか。それで、獅子という字を覚えた猟師は、本物の獅子の代りに獅子の影を狙《ねら》い、女という字を覚えた男は、本物の女の代りに女の影を抱くようになるのではないか。文字の無かった昔《むかし》、ピル・ナピシュチムの洪水《こうずい》以前には、歓《よろこ》びも智慧《ちえ》もみんな直接に人間の中にはいって来た。今は、文字の薄被《ヴェイル》をかぶった歓びの影と智慧の影としか、我々は知らない。近頃人々は物憶《ものおぼ》えが悪くなった。これも文字の精の悪戯《いたずら》である。人々は、もはや、書きとめておかなければ、何一つ憶えることが出来ない。着物を着るようになって、人間の皮膚《ひふ》が弱く醜《みにく》くなった。乗物が発明されて、人間の脚が弱く醜くなった。文字が普及《ふきゅう》して、人々の頭は、もはや、働かなくなったのである。

ナブ・アヘ・エリバは、ある書物狂《きょう》の老人を知っている。その老人は、博学なナブ・アヘ・エリバよりも更に博学である。彼は、スメリヤ語やアラメヤ語ばかりでなく、紙草《パピルス》や羊皮紙に誌された埃及文字までをすらすらと読む。およそ文字になった古代のことで、彼の知らぬことはない。彼はツクルチ・ニニブ一世王の治世第何年目の何月何日の天候まで知っている。しかし、今日《きょう》の天気は晴か曇《くもり》か気が付かない。彼は、少女サビツがギルガメシュを慰《なぐさ》めた言葉をも諳《そら》んじている。しかし、息子《むすこ》をなくした隣人《りんじん》を何と言って慰めてよいか、知らない。彼は、アダッド・ニラリ王の后《きさき》、サンムラマットがどんな衣装《いしょう》を好んだかも知っている。しかし、彼自身が今どんな衣服を着ているか、まるで気が付いていない。何と彼は文字と書物とを愛したであろう！　読み、諳んじ、撫《ぶ》するだけではあきたらず、それを愛するの余りに、彼は、ギルガメシュ伝説の最古版の粘土板を噛砕《かみくだ》き、水に溶《と》かして飲んでしまったことがある。文字の精は彼の眼を容赦《ようしゃ》なく喰い荒《あら》し、彼は、ひどい近眼である。余り眼を近づけて書物ばかり読んでいるので、彼の鷲形の鼻の先は、粘土板と擦《す》れ合って固い胼胝《たこ》が出来ている。文字の精は、また、彼の脊骨《せぼね》をも蝕《むしば》み、彼は、臍《へそ》に顎のくっつきそうな傴僂《せむし》である。しかし、彼は、恐《おそ》らく自分が傴僂であることを知らないであろう。傴僂という字なら、彼は、五つの異った国の字で書くことが出来るのだが。ナブ・アヘ・エリバ博士は、この男を、文字の精霊の犠牲者《ぎせいしゃ》の第一に数えた。ただ、こうした外観の惨《みじ》めさにもかかわらず、この老人は、実に——全く羨《うらや》ましいほど——いつも幸福そうに見える。これが不審《ふしん》といえば、不審だったが、ナブ・アヘ・エリバは、それも文字の霊の媚薬《びやく》のごとき奸猾《かんかつ》な魔力《まりょく》のせいと見做した。

たまたまアシュル・バニ・アパル大王が病に罹《かか》られた。侍医《じい》のアラッド・ナナは、この病軽からずと見て、大王のご衣裳を借り、自らこれをまとうて、アッシリヤ王に扮《ふん》した。これによって、死神エレシュキガルの眼を欺《あざむ》き、病を大王から己《おのれ》の身に転じようというのである。この古来の医家の常法に対して、青年の一部には、不信の眼を向ける者がある。これは明らかに不合理だ、エレシュキガル神ともあろうものが、あんな子供瞞《だま》しの計に欺かれるはずがあるか、と、彼等《ら》は言う。碩学《せきがく》ナブ・アヘ・エリバはこれを聞いて厭《いや》な顔をした。青年等のごとく、何事にも辻褄《つじつま》を合せたがることの中には、何かしらおかしな所がある。全身垢《あか》まみれの男が、一ヶ所だけ、例えば足の爪先だけ、無闇に美しく飾《かざ》っているような、そういうおかしな所が。彼等は、神秘の雲の中における人間の地位をわきまえぬのじゃ。老博士は浅薄《せんぱく》な合理主義を一種の病と考えた。そして、その病をはやらせたものは、疑《うたがい》もなく、文字の精霊である。

　ある日若い歴史家（あるいは宮廷の記録係）のイシュデイ・ナブが訪ねて来て老博士に言った。歴史とは何ぞや？　と。老博士が呆《あき》れた顔をしているのを見て、若い歴史家は説明を加えた。先頃のバビロン王シャマシュ・シュム・ウキンの最期《さいご》について色々な説がある。自ら火に投じたことだけは確かだが、最後の一月《ひとつき》ほどの間、絶望の余り、言語に絶した淫蕩《いんとう》の生活を送ったというものもあれば、毎日ひたすら潔斎《けっさい》してシャマシュ神に祈《いの》り続けたというものもある。第一の妃《ひ》ただ一人と共に火に入ったという説もあれば、数百の婢妾《ひしょう》を薪《まき》の火に投じてから自分も火に入ったという説もある。何しろ文字通り煙《けむり》になったこととて、どれが正しいのか一向見当がつかない。近々、大王はそれらの中の一つを選んで、自分にそれを記録するよう命じたもうであろう。これはほんの一例だが、歴史とはこれでいいのであろうか。

賢明《けんめい》な老博士が賢明な沈黙《ちんもく》を守っているのを見て、若い歴史家は、次のような形に問を変えた。歴史とは、昔、在った事柄《ことがら》をいうのであろうか？　それとも、粘土板の文字をいうのであろうか？

獅子狩《がり》と、獅子狩の浮彫《うきぼり》とを混同しているような所がこの問の中にある。博士はそれを感じたが、はっきり口で言えないので、次のように答えた。歴史とは、昔在った事柄で、かつ粘土板に誌《しる》されたものである。この二つは同じことではないか。

書洩《かきも》らしは？　と歴史家が聞く。

書洩らし？　冗談《じょうだん》ではない、書かれなかった事は、無かった事じゃ。芽の出ぬ種子《たね》は、結局初めから無かったのじゃわい。歴史とはな、この粘土板のことじゃ。

若い歴史家は情なさそうな顔をして、指し示された瓦を見た。それはこの国最大の歴史家ナブ・シャリム・シュヌ誌す所のサルゴン王ハルディア征討行《せいとうこう》の一枚である。話しながら博士の吐《は》き棄《す》てた柘榴《ざくろ》の種子がその表面に汚《きたな》らしくくっついている。

ボルシッパなる明智の神ナブウの召使《めしつか》いたもう文字の精霊共の恐《おそろ》しい力を、イシュディ・ナブよ、君はまだ知らぬとみえるな。文字の精共が、一度ある事柄を捉《とら》えて、これを己の姿で現すとなると、その事柄はもはや、不滅《ふめつ》の生命を得るのじゃ。反対に、文字の精の力ある手に触《ふ》れなかったものは、いかなるものも、その存在を失わねばならぬ。太古以来のアヌ・エンリルの書に書上げられていない星は、なにゆえに存在せぬか？　それは、彼等がアヌ・エンリルの書に文字として載《の》せられなかったからじゃ。大マルズック星（木星）が天界の牧羊者（オリオン）の境を犯せば神々の怒《いかり》が降《くだ》るのも、月輪の上部に蝕《しょく》が現れればフモオル人が禍を蒙《こうむ》るのも、皆《みな》、古書に文字として誌されてあればこそじゃ。古代スメリヤ人が馬という獣《けもの》を知らなんだのも、彼等の間に馬という字が無かったからじゃ。この文字の精霊の力ほど恐ろしいものは無い。君やわしらが、文字を使って書きものをしとるなどと思ったら大間違い。わしらこそ彼等文字の精霊にこき使われる下僕《しもべ》じゃ。しかし、また、彼等精霊の齎《もたら》す害も随分《ずいぶん》ひどい。わしは今それについて研究中だが、君が今、歴史を誌した文字に疑を感じるようになったのも、つまりは、君が文字に親しみ過ぎて、その霊の毒気《どっき》に中《あた》ったためであろう。

　若い歴史家は妙な顔をして帰って行った。老博士はなおしばらく、文字の霊の害毒があの有為《ゆうい》な青年をも害《そこな》おうとしていることを悲しんだ。文字に親しみ過ぎてかえって文字に疑を抱くことは、決して矛盾《むじゅん》ではない。先日博士は生来の健啖《けんたん》に任せて羊の炙肉《あぶりにく》をほとんど一頭分も平らげたが、その後当分、生きた羊の顔を見るのも厭になったことがある。

　青年歴史家が帰ってからしばらくして、ふと、ナブ・アヘ・エリバは、薄くなった縮《ちぢ》れっ毛の頭を抑《おさ》えて考え込《こ》んだ。今日は、どうやら、わしは、あの青年に向って、文字の霊の威力《いりょく》を讃美《さんび》しはせなんだか？　いまいましいことだ、と彼は舌打をした。わしまでが文字の霊にたぶらかされておるわ。

　実際、もう大分前から、文字の霊がある恐しい病を老博士の上に齎《もたら》していたのである。それは彼が文字の霊の存在を確かめるために、一つの字を幾日もじっと睨み暮《くら》した時以来のことである。その時、今まで一定の意味と音とを有《も》っていたはずの字が、忽然《こつぜん》と分解して、単なる直線どもの集りになってしまったことは前に言った通りだが、それ以来、それと同じような現象が、文字以外のあらゆるものについても起るようになった。彼が一軒《けん》の家をじっと見ている中に、その家は、彼の眼と頭の中で、木材と石と煉瓦《れんが》と漆喰《しっくい》との意味もない集合に化けてしまう。これがどうして人間の住む所でなければならぬか、判らなくなる。人間の身体《からだ》を見ても、その通り。みんな意味の無い奇怪《きかい》な形をした部分部分に分析《ぶんせき》されてしまう。どうして、こんな恰好《かっこう》をしたものが、人間として通っているのか、まるで理解できなくなる。眼に見えるものばかりではない。人間の日常の営み、すべての習慣が、同じ奇体な分析病のために、全然今までの意味を失ってしまった。もはや、人間生活のすべての根柢《こんてい》が疑わしいものに見える。ナブ・アヘ・エリバ博士は気が違いそうになって来た。文字の霊の研究をこれ以上続けては、しまいにその霊のために生命をとられてしまうぞと思った。彼は怖《こわ》くなって、早々に研究報告を纏《まと》め上げ、これをアシュル・バニ・アパル大王に献《けん》じた。但《ただ》し、中に、若干の政治的意見を加えたことはもちろんである。武の国アッシリヤは、今や、見えざる文字の精霊のために、全く蝕まれてしまった。しかも、これに気付いている者はほとんど無い。今にして文字への盲目的崇拝《もうもくてきすうはい》を改めずんば、後に臍《ほぞ》を噬《か》むとも及《およ》ばぬであろう云々《うんぬん》。

　文字の霊が、この讒謗者《ざんぼうしゃ》をただで置く訳が無い。ナブ・アヘ・エリバの報告は、いたく大王のご機嫌《きげん》を損じた。ナブウ神の熱烈《ねつれつ》な讃仰者《さんぎょうしゃ》で当時第一流の文化人たる大王にしてみれば、これは当然のことである。老博士は即日謹慎《そくじつきんしん》を命ぜられた。大王の幼時からの師傅《しふ》たるナブ・アヘ・エリバでなかったら、恐らく、生きながらの皮剥《かわはぎ》に処せられたであろう。思わぬご不興に愕然《がくぜん》とした博士は、直ちに、これが奸譎《かんけつ》な文字の霊の復讐《ふくしゅう》であることを悟《さと》った。

しかし、まだこれだけではなかった。数日後ニネヴェ・アルベラの地方を襲《おそ》った大地震《だいじしん》の時、博士は、たまたま自家の書庫の中にいた。彼の家は古かったので、壁《かべ》が崩《くず》れ書架《しょか》が倒《たお》れた。夥しい書籍が——数百枚の重い粘土板が、文字共の凄《すさ》まじい呪《のろい》の声と共にこの讒謗者の上に落ちかかり、彼は無《む》慙《ざん》にも圧死した。

※1 アッシュールバニパル。アッシリア帝国末期の王。在位は紀元前668－627年。首都ニネヴェに世界最古の図書館を建設したことで知られる。

キャラクターファイル——

文豪読み解きミニ事典

——中島敦

直筆原稿

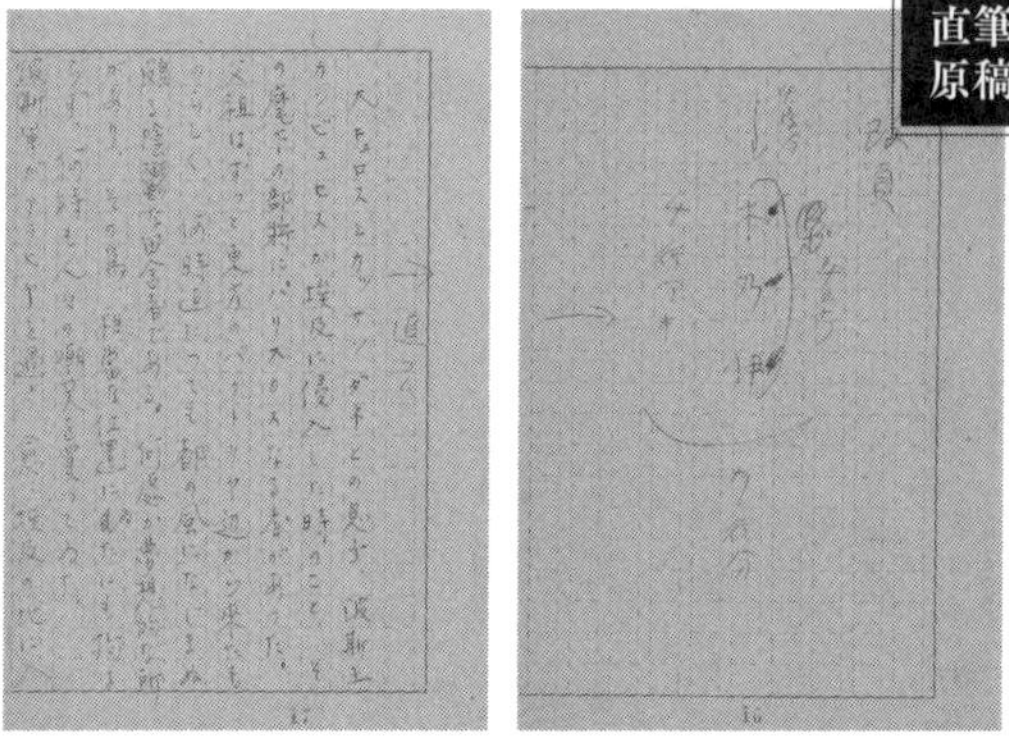

「木乃伊《みいら》」

「山月記」「文字禍」に加えてこの「木乃伊」と「狐憑」の4編で「古潭」は構成されている（県立神奈川近代文学館所蔵）

生の声

デビュー当時の心境・状況

〔パナマから帰京後、待望の第一創作集『光と風と夢』の刊行が決まり、原稿の清書を頼んでいた親しい教え子に伝える手紙。なにやら気分が弾んでいるようにも思える〕

1947（昭和17）年7月3日　鈴木美江子宛　書簡（封書）

〔前略〕

○何時《いつ》か、君に清書して貰った原稿が、今度愈々《いよいよ》一冊の本になって、出ます。今月中には出る筈。もっとも、君の知らない原稿の方が多いんだが、今迄《まで》雑誌（君達の読まない雑誌）に出したものが一冊にまとまる訳です。勿論、君には上げるから買ってはいけません。

これからは役人をやめて、原稿を書いて生活して行くことになるでしょう。今も、盛んに書いています。（但し、僕の書くものは、女の子の雑誌には向かないから、君達の目には中々触れないでしょう）時々清書してくれる人が欲しくなりますよ。

どうです？　たまには東京へ出てくる元気はありませんか？

トピック❶ 妻とは雀荘で出会った

東京帝国大学文学部国文学科に入学した中島敦は、麻雀とダンスに明け暮れたというが、そんな中、大学2年生時で出会ったのが後に妻となる橋本タカ。一高の同級生の姉が経営していた東京・芝の桜田本郷町（現・東京都港区）の麻雀クラブに出入りしていた中島は、そこで働いていたタカと関係を持ってしまう。ところがタカには許婚がいたために、その男性との間にトラブルが発生。タカは郷里の愛知県の親戚の家に身を寄せ、男子を産む。

ふたりは中島が教職に就いた1933年（昭和8）年12月に籍を入れるが、タカが息子桓（たかし）を連れて上京したあとも妻子を杉並区に住まわせ、自分は横浜市長者町のアパートに一人で住んでいた。この別居状態はしばらく続いた。結婚していたことが周囲にばれても、「独身だといったことはない」と強弁したという。

トピック❷ 芥川賞と中島敦の最期

日本に帰国した中島は、南洋庁に勤務しつつ、小説を書き始める。1942（昭和17）年7月には初の作品集『光と風と夢』が筑摩書房より刊行。7月末には南洋庁に辞表を提出して、本格的に小説に専念することになった。9月、表題作「光と風と夢」が芥川賞候補となった。しかし、宇野浩二、川端康成、横光利一、室井犀星など8名の選考委員が下した決定は「該当作品無し」。数か月後に死が迫っていた中島には最後のチャンスだった。

その後、「島譚」「李陵」を書き上げた中島だったが、11月、喘息の発作が激しくなり、自宅近くの岡田医院（東京都世田谷）に入院する。心臓衰弱と診断され、身体は日に日に弱り、読書もできなくなる。

中島はタカに語る。「書きたい。書きたい。もう一冊書いて、筆一本持って、旅に出て、参考書もなしで書きたい。俺の頭の中のものを、みんな吐きだしてしまいたい」

同年12月4日、中島に再び喘息の発作が起こり、午前7時30分に死亡。享年33。文学忌はない。

聖地巡礼① 横浜学園元町幼稚園と文学碑

中島が就職した横浜高等女学校は横浜初の女子校。同校は現在、横浜学園高等学校となっており、2000（平成12）年からは男女共学となっている。

なお戦後、横浜市磯子区に移転した同校だが、中島が働いていた時は、中区元町にあった。同地には現在、横浜学園元町幼稚園があり、敷地内には中島敦を記念した文学碑が立っている。碑には『山月記』の冒頭の一節が記載されている。見学するには事務所への申し出が必要。

アクセス 横浜学園元町幼稚園 神奈川県横浜市中区

女学校1年1組の集合写真（昭和12年5月頃。県立神奈川近代文学館提供）

元町4丁目154

聖地巡礼② 撫山先生終焉之地碑

両親が離婚したため、引き取られた埼玉県久喜市の祖父中島撫山の家の跡地には石碑が立っている。撫山は漢学者で、私塾「幸魂教舎」を同地に設立、のちに国会議員・県議会議員・町村長などを多数輩出した。横浜高等女学校の理事長・田沼勝之助もそのひとり。中島敦は撫山の没後に引き取られ、2歳から5歳までこの地で生活した。この碑は、撫山の没後30回忌に中島敦の父・田人によって建てられた。

アクセス 埼玉県久喜市久喜中央2－6－3

聖地巡礼② 中島敦の墓所

中島敦の墓は、東京都の西部にある府中市と小金井市をまたぐ、東京都立多磨霊園にある。多くの著名人の墓があり、小説家では中島敦のほか、有島武郎や江戸川乱歩、大岡昇平、田山花袋、三島由紀夫などの墓もある。

アクセス 多磨霊園 東京都府中市多磨町4－628（16区2種33側）

中島敦の墓

VI

江戸川乱歩

EDOGAWA RAMPO

デビュー作

二銭銅貨——1923（大正12）年

江戸川乱歩（えどがわ　らんぽ）

本名：平井太郎。1894（明治27）年、三重県生まれ。早稲田大学卒。1923（大正12）年、雑誌『新青年』に「二銭銅貨」が掲載され作家デビューを果たす。「D坂の殺人事件」、「心理試験」など本格探偵小説を描く一方で「怪人二十面相」シリーズなどの少年ものも執筆。また『孤島の鬼』や『パノラマ島奇談』など幻想的な作品を発表し、戦前の代表的探偵作家となる。小説執筆だけではなく評論や探偵小説誌『宝石』の編集・経営にも携わった。享年72。

文豪誕生

ブレークまでの道のり

「失業時代」のあり余る時間が深めた探偵小説の造詣

江戸川乱歩は1894（明治27）年、三重県名賀郡名張町（現・名張市）に、名賀郡役所書記の平井繁男・きくの長男として生まれる（本名：太郎）。平井家は武士の家柄で、祖先は伊豆伊東の郷士だった。

2歳の頃父の転勤に伴い鈴鹿郡亀山町（現・亀山市）に、翌年名古屋市に移る。小学生のころに母に読み聞かされた菊池幽芳訳『秘中の秘』が、探偵小説に接した最初だったという。中学校では、押川春浪や黒岩涙香の小説を耽読した。旧制愛知県立第五中学校（現・愛知県立瑞陵高等学校）を卒業後、早稲田大学の政治経済学科に進学。卒業後は特に作家になろうという気はなく就職したが、転職をくり返し、貿易会社、造船所、新聞社記者、支那そば屋、古本屋、探偵など、多種多様な職業に就いた。

その乱歩が「あんなノンビリした生活を知らぬ」と書いたのが三重県の鳥羽造船所での生活。

1917（大正6）年11月、乱歩は父の知人の紹介で鳥羽造船所電機部に就職した。庶務課に配属され、社内誌の編集や子どもたちへの読み聞かせ会などを行って、造船所と地元の人との交流をすすめた。読み聞かせ会で知り合ったのが後に妻となる村山隆子。また、男色文献の蒐集という共通の趣味を持った画家・岩田準一と知り合ったのも造船所勤務時である。当時、無断欠勤して社員寮の押入に隠れたことや、窓から島を眺めたことが、「屋根裏の散歩者」や「パノラマ島綺譚」のヒントになったといわれている。

作家になろうとは思っていなかった乱歩だが、探偵小説の熱心な読者ではあった。筆名の由来となったエドガー・アラン・ポーをはじめコナン・ドイル、モーリス・ルブランなどを愛読していた。「東京本郷の団子坂で古本屋を開いていて、むろん営業不振で、店はほかの人に任せて、〔友人・井上勝喜と〕二階の6畳で二人が毎日ゴロゴロ寝ころんでいて、探偵小説の話ばかりしていたものである」（随筆集『わが夢と現実』所収「放浪記」より）

1920（大正9）年に雑誌『新青年』が創刊され、翌年正月号の『探偵奇談号』から乱歩は愛読するようになった。そのころ大阪の父の家で世話になって失業時代だった乱歩は『新青年』が探偵小説の増刊号を重ねていくのを見てこう思ったという。

「私はいよいよ探偵小説を書く時が来たと思った。失業中のことだから時間は充分ある。もしその原稿が売れれば、煙草代にも不自由している際こんな有難いことはない。多年培って来た探偵小説への情熱を出すのは今だと思った」（同書「処女作」より）

1922年（大正11）年8月、数え年29歳の乱歩は、団子坂時代に大筋ができていたという「二銭銅貨」と「一枚の切符」の2作の執筆を開始する。約半年で2作を書き上げた乱歩は一頓挫あって11月になったものの、2作を『新青年』編集長宛てに送った。

そして翌年の『新青年』4月増大号に「二銭銅貨」は作家小酒井不木の長文の賞賛の言葉とともに掲載されたのである。日本の推理文学の巨人「大乱歩」の誕生だった。

二銭銅貨

上

「あの泥坊《どろぼう》が羨《うらやま》しい」二人の間にこんな言葉が交《かわ》される程、其頃《そのころ》は窮迫《きゅうはく》していた。

場末《ばすえ》の貧弱な下駄屋の二階の、ただ一間しかない六畳に、※1一閑張《いっかんば》りの破れ机を二つ並べて、松村武とこの私とが、変な空想ばかり逞《たくま》しゅうして、ゴロゴロしていた頃のお話である。

もう何もかも行詰って了《しま》って、動きの取れなかった二人は、丁度その頃世間を騒がせた大泥坊の、巧みなやり口を羨む様な、さもしい心持《こころもち》になっていた。

その泥坊事件というのが、このお話の本筋に大関係を持っているので、茲《ここ》にザッとそれをお話して置くことにする。

芝区のさる大きな電気工場の職工給料日当日の出来事であった。十数名の賃銀計算係が、一万に近い職工のタイム・カードから、夫々《それぞれ》一ヶ月の賃銀を計算して、山と積まれた給料袋の中へ、当日銀行から引出された、一番の支那鞄に一杯もあろうという、二十円、十円、五円などの紙幣《さつ》を汗だくになって詰込んでいる最中に、事務所の玄関へ一人の紳士が訪れた。

受付の女が来意を尋ねると、私は朝日新聞の記者であるが、支配人に一寸《ちょっと》お眼にかかり度《た》いという。そこで女が、東京朝日新聞社会部記者と肩書のある名刺を持って、支配人にこの事を通じた。

幸《さいわい》なことには、この支配人は、新聞記者操縦法がうまいことを、一つの自慢にしている男であった。のみならず、新聞記者を相手に、法螺《ほら》を吹いたり、自分の話が何々氏談などとして、新聞に載せられたりすることは、大人気ないとは思いながら、誰しも悪い気持はしないものである。社会部記者と称する男は、寧《むし》ろ快《こころよ》く支配人の部屋へ請《しょう》じられた。

大きな鼈甲縁《べっこうぶち》の眼鏡をかけ、美しい口髭《くちひげ》をはやし、気の利いた黒のモーニングに、流行の折鞄《おりかばん》という扮装《いでたち》のその男は、如何《いか》にも物慣れた調子で、支配人の前の椅子に腰を下した。そしてシガレット・ケースから、高価な埃及《エジプト》の紙巻煙草を取出して、卓上の灰皿に添えられた燐寸《マッチ》を手際よく擦《す》ると、青味がかった煙を、支配人の鼻先へフッと吹出した。

「貴下の職工待遇問題に関する御意見を」

とか、何とか、新聞記者特有の、相手を呑んでかかった様な、それでいて、どこか無邪気な、人懐《ひとなつ》っこい調子で、その男はこう切出した。

そこで支配人は、労働問題について、多分は労資協調、温情主義という様なことを、大いに論じた訳であるが、それはこの話に関係がないから略するとして、約三十分ばかり支配人の室《しつ》に居った所の、その新聞記者が、支配人が一席弁じ終ったところで「一寸《ちょっと》失敬」といって便所に立った間に、姿を消して了ったのである。

支配人は、無作法な奴だ位で、別に気にもとめないで、丁度昼食の時間だったので、食堂へと出掛けて行ったが、暫《しばら》くすると近所の洋食屋から取ったビフテキか何かを頬張っていた所の支配人の前へ、会計主任の男が、顔色を変えて、飛んで来て、報告することには、

「賃銀支払の金がなくなりました。とられました」

と云《い》うのだ。

驚いた支配人が、食事などはその儘《まま》にして、金のなくなったと云う現場へ来て調べて見ると、この突然の盗難の仔細《しさい》は、大体次の様に想像することが出来たのである。

丁度其《その》当時、その工場の事務室が改築中であったので、いつもなれば、厳重に戸締りの出来る特別の部屋で行われる筈《はず》の賃銀計算の仕事が、其《その》日は、仮に支配人室の隣の応接間で行われたのであるが、昼食の休憩時間に、どうした物の間違いか、其応接間が空《から》になって了ったのである。事務員達は、お互に誰か残って呉《く》れるだろうという様な考えで、一人残らず食堂へ行って了って、後には支那鞄に充満した札束が、ドアには鍵もかからないその部屋に、約半時間程も、抛《ほう》り出されてあったのだ。その隙《すき》に、何者かが忍入《しのびい》って、大金を持去ったものに相違ない。それも、既に給料袋に入れられた分や、細《こま》い紙幣には手もつけないで、支那鞄の中の二十円札と十円札の束丈《だ》けを持去ったのである。損害高は約五万円であった。

色々調べて見たが、結局、どうも先程の新聞記者が怪しいということになった。新聞社へ電話をかけて見ると、案の定、そういう男は本社員の中にはないという返事だ。そこで、警察へ電話をかける

やら、賃銀支払を延す訳には行かぬので、銀行へ改めて二十円札と十円札の準備を頼むやら、大変な騒ぎになったのである。

彼《か》の新聞記者と自称して、お人よしの支配人に無駄な議論をさせた男は、実に、当時新聞が、紳士盗賊という尊称を以《もっ》て書き立てた所の大泥坊であったのだ。

さて、管轄警察署の司法主任其他が臨検して調べて見ると、手懸りというものが一つもない。新聞社の名刺まで用意して来る程の賊だから、なかなか一筋縄で行く奴ではない。遺留品などあろう筈もない。ただ一つ分っていた事は、支配人の記憶に残っているその男の容貌風采《ふうさい》であるが、それが甚《はなは》だ便《たよ》りないのである。というのは、服装などは無論取替えることが出来るし、支配人がこれこそ手懸りだと申出た所の、鼈甲縁の眼鏡にしろ、口髭にしろ、考えて見れば、変装には最もよく使われる手段なのだから、これも当てにはならぬ。

そこで、仕方がないので、盲目探しに、近所の車夫だとか、煙草屋のお上《かみ》さんだとか、露天商人などいう連中に、かくかくの風采の男を見かけなかったか、若《も》し見かけたらどの方角へ行ったかと、一々尋ね廻る。無論市内の各巡査派出所へも、この人相書きが廻《まわ》る。つまり非常線が張られた訳であるが、何の手ごたえもない。一日、二日、三日、あらゆる手段が尽された。各停車場には見張りがつけられた。各府県の警察署へ依頼の電報が発せられた。

斯様《かよう》にして、一週間は過ぎたけれども賊は挙がらない。もう絶望かと思われた。彼の泥坊が、何か他の罪をでも犯して挙げられるのを待つより外《ほか》はないかと思われた。工場の事務所からは、其筋の怠慢《たいまん》を責める様に、毎日毎日警察署へ電話がかかった。署長は自分の罪ででもある様に頭を悩《なやま》した。

そうした絶望状態の中に、一人の、同じ署に属する刑事が、市内の煙草屋の店を、一軒ずつ、丹念に歩き廻っていた。

市内には、舶来《はくらい》の煙草を一通り備付けていようという煙草屋が、各区に、多いのは数十軒、少い所でも十軒内外はあった。刑事は殆《ほとん》どそれを廻り尽して、今は、山の手の牛込《うしごめ》と四谷《よつや》の区内が残っているばかりであった。

今日はこの両区を廻って、それで目的を果さなかったら、もう愈々《いよいよ》絶望だと思った刑事は、富籤《とみくじ》の当り番号を読む時の様な、楽しみとも恐れともつかぬ感情を以て、テクテク歩いていた。時々交番の前で立止っては、巡査に煙草店の所在を聞訊《ききただ》しながら、テクテクと歩いていた。刑事の頭の中はFIGARO. FIGARO. FIGARO. と埃及煙草の名前で一杯になっていた。

ところが、牛込の神楽坂《かぐらざか》に一軒ある煙草店を尋ねる積りで、飯田橋《いいだばし》の電車停留所から神楽坂下へ向って、あの大通りを歩いている時であった。刑事は、一軒の旅館の前で、フト立止ったのである。というのは、その旅館の前の、下水の蓋を兼ねた、御影石《みかげいし》の敷石の上に、余程注意深い人でなければ、眼にとまらない様な、一つの煙草の吸殻が落ちていた。そして、何《な》んと、それが刑事の探し廻っていた所の埃及煙草と同じものであったのである。

さて、この一つの煙草の吸殻から足がついて、さしもの紳士盗賊も遂に獄裡《ごくり》の人《ひと》となったのであるが、その煙草の吸殻から盗賊逮捕までの径路に一寸探偵小説じみた興味があるので、当時のある新聞には、続き物になって、その時の何某《なにがし》刑事の手柄話が載せられた程であるが——この私の記述も、実はその新聞記事に拠《よ》ったものである——私は茲《ここ》には、先を急ぐ為に、極《ご》く簡単に結論丈けしかお話している暇がないことを遺憾《いかん》に思う。

読者も想像されたであろう様に、この感心な刑事は、盗賊が工場の支配人の部屋に残して行った所の、珍らしい煙草の吸殻から探偵の歩を進めたのである。そして、各区の大きな煙草屋を殆んど廻り尽したが、仮令《たとい》おなじ煙草を備えてあっても、埃及の中でも比較的売行きのよくない、FIGAROを最近に売ったという店は極く僅かで、それが悉《ことごと》く、どこの誰それと疑うまでもない様な買手に売られていたのである。

ところが愈々最終という日になって、今もお話した様に、偶然にも、飯田橋附近の一軒の旅館の前で、同じ吸殻を発見して、実は、あてずっぽうに、その旅館に探りを入れて見たのであるが、それがなんと僥倖《ぎょうこう》にも、犯人逮捕の端緒《たんちょ》となったのである。

そこで、色々、苦心の末、例えば、その旅館に投宿して居った、その煙草の持主が、工場の支配人から聞いた人相とはまるで違っていたり、なにかして、大分苦心したのであるが、結局、その男の部屋の火鉢《ひばち》の底から、犯行に用いたモーニング其他の服装だとか、鼈甲縁の眼鏡だとか、つけ髭だとかを発見して、逃れぬ証拠によって、所謂《いわゆる》紳士泥坊を逮捕することが出来たのである。

で、その泥坊が取調べを受けて白状した所によると、犯行の当日——勿論、その日は職工の給料日と知って訪問したのだが——支配人の留守の間に、隣の計算室に這入《はい》って例の金を取ると、折鞄の中にただそれ丈けを入れて居った所の、レーンコートとハンチングを取出して、その代りに、鞄の中へは、盗んだ紙幣《さつ》の一部分を入れて、眼鏡をはずし、口髭をとり、レーンコートでモーニング姿を包み、中折の代りにハンチングを冠って、来た時とは別の出口から、何食わぬ顔をして逃げ出したのであった。あの小額の紙幣で五万円という金額を、どうして、誰にも疑われぬ様に、持出すことが出来たかという訊問に対して、紳士泥坊が、ニヤリと得意らしい笑いを浮べて答えたことには、

「私共は、からだ中が袋で出来上っています。その証拠には、押収されたモーニングを調べて御覧なさい。一寸見ると普通のモーニングだが、実は手品使いの服の様に、附けられる丈けの隠し袋が附いているんです。五万円位の金を隠すのは訳はありません。支那人の手品使いは、大きな、水の這入《はい》った丼鉢《どんぶりばち》でさえからだの中へ隠すではありませんか」

　さて、この泥坊事件がこれ丈けでおしまいなら、別段の興味もないのであるが、茲に一つ普通の泥坊と違った、妙な点があった。そして、それが私のお話の本筋に、大いに関係がある訳なのである。というのは、この紳士泥坊は、盗んだ五万円の隠し場所について、一言も白状しなかったのである。警察と、検事廷と、公判廷と、この三つの関所で、手を換え品を換えて責め問われても、彼はただ知らないの一点張りで通した。そして、おしまいには、その僅か一週間ばかりの間に、使い果して了ったのだという様な、出鱈目《でたらめ》をさえ云い出したのである。

　其筋としては、探偵の力によって、その金のありかを探し出す外はなかった。そして、随分探したらしいのであるが、一向見つからなかった。そこで、その紳士泥坊は、五万円隠匿《いんとく》の廉《かど》によって、窃

盗犯としては可也《かなり》重い懲役に処せられたのである。

困ったのは被害者の工場である。工場としては、犯人よりは五万円が発見して欲しかったのである。勿論《もちろん》、警察の方でもその金の捜索を止《や》めた訳ではないが、どうも手ぬるい様な気がする。そこで、工場の当の責任者たる支配人は、その金を発見したものには、発見額の一割の賞を懸けるということを発表した。つまり五千円の懸賞である。

これからお話しようとする、松村武と私自身とに関する、一寸興味のある物語は、この泥坊事件がこういう風に発展している時に起ったことなのである。

中

この話の冒頭にも一寸述べた様に、その頃、松村武と私とは、場末の下駄屋の二階の六畳に、もうどうにもこうにも動きがとれなくなって、窮乏のどん底にのたうち廻っていたのである。

でも、あらゆるみじめさの中にも、まだしも幸運であったのは、丁度時候が春であったことだ。これは貧乏人丈けにしか分らない一つの秘密であるが、冬の終から夏の初にかけて、貧乏人は、大分儲《もう》けるのである。いや、儲けたと感じるのである。というのは、寒い時丈け必要であった、羽織《はおり》だとか、下着だとか、ひどいのになると、夜具、火鉢《ひばち》の類に至るまで、質屋の蔵へ運ぶことが出来るからである。私共も、そうした気候の恩恵に浴して、明日はどうなることか、月末の間代の支払はどこから捻出するか、という様な先の心配を除いては、先ず一寸いきをついたのである。そして、暫く遠慮して居った銭湯へも行けば、床屋へも行く、飯屋《めしや》ではいつもの味噌汁と香の物の代りに、さしみで一合かなんかを奮発するといった鹽梅《あんばい》であった。

ある日のこと、いい心持に煠《ゆだ》って、銭湯から帰って来た私が、傷だらけの、毀《こわ》れかかった一閑張の机の前に、ドッカと坐った時、一人残っていた松村武が、妙な、一種の興奮した様な顔付を以て、私にこんなことを聞いたのである。

「君、この、僕の机の上に二[※2]銭銅貨をのせて置いたのは君だろう。あれは、どこから持って来たのだ」

「アア、俺だよ。さっき煙草を買ったおつりさ」

「どこの煙草屋だ」

「飯屋の隣の、あの婆《ばあ》さんのいる不景気なうちさ」

「フーム、そうか」

と、どういう訳か、松村はひどく考え込んだのである。そして、尚も執拗にその二銭銅貨について尋ねるのであった。

「君、その時、君が煙草を買った時だ、誰か外にお客はいなかったかい」

「確か、いなかった様だ。そうだ。いる筈がない。その時あの婆さんは居眠りをしていたんだ」

この答を聞いて、松村は何か安心した様子であった。

「だが、あの煙草屋には、あの婆さんの外に、どんな連中がいるんだろう。君は知らないかい」

「俺は、あの婆さんとは仲よしなんだ。あの不景気な仏頂面《ぶっちょうづら》が、俺のアブノーマルな嗜好《しこう》に適したという訳でね。だから、俺は相当あの煙草屋については詳しいんだ。あそこには婆さんの外に、婆さんよりはもっと不景気な爺《じい》さんがいる切りだ。併《しか》し君はそんなことを聞いてどうしようというのだ。どうかしたんじゃないかい」

「マアいい。一寸訳があるんだ。ところで君が詳しいというのなら、も少しあの煙草屋のことを話さないか」

「ウン、話してもいい。爺さんと婆さんとの間に一人の娘がある。俺は一度か二度その娘を見かけたが、そう悪くない容色《きりょう》だぜ。それがなんでも、監獄の差入屋《さしいれや》とかへ嫁《かたづ》いているという話だ。その差入屋が相当に暮しているので、その仕送りで、あの不景気な煙草屋も、つぶれないで、どうかこうかやっているのだと、いつか婆さんが話していたっけ。……」

こう、私が煙草屋に関する知識について話し始めた時に、驚いたことには、それを話して呉れと頼んで置きながら、もう聞き度くないと云わぬばかりに、松村武が立上ったのである。そして、広くもない座敷を、隅から隅へ丁度動物園の熊の様に、ノソリノソリと歩き始めたのである。

私共は、二人共、日頃から随分気まぐれな方であった。話の間に突然立上るなどは、そう珍しいことでもなかった。けれども、この場合の松村の態度は、私をして沈黙せしめた程も、変っていたのである。松村はそうして、部屋の中をあっちへ行ったり、こっちへ行ったり、約三十分位歩き廻っていた。私は黙って、一種の興味を以て、それを眺めていた。その光景は、若し傍観者があって、之《これ》を見たら、余程狂気じみたものであったに相違ないのである。

そうこうする内に、私は腹が減って来たのである。丁度夕食時分ではあったし、湯に入った私は余計に腹が減った様が気がしたのである。そこで、まだ狂気じみた歩行を続けている松村に、飯屋に行かぬかと勧めて見た所が、「済まないが、君一人で行って呉れ」という返事だ。仕方なく、私はその通りにした。

さて、満腹した私が、飯屋から帰って来ると、なんと珍らしいことには、松村が按摩《あんま》を呼んで、もませていた。以前は私共のお馴染《なじみ》であった、若い盲唖学校の生徒が、松村の肩につかまって、しきりと何か、持前のお喋りをやっているのであった。

「君、贅沢《ぜいたく》だと思っちゃいけない。これには訳があるんだ。マア、暫く黙って見ていて呉れ。その内に分るから」

松村は、私の機先《きせん》を制《せい》して、非難を予防する様に云った。昨日、質屋の番頭を説《と》きつけて、寧ろ強奪して、やっと手に入れた二十円なにがしの共有財産の寿命が、按摩賃六十銭丈け縮められることは、此際《このさい》、確かに贅沢に相違なかったからである。

私は、これらの、ただならぬ松村の態度について、ある、言い知れぬ興味を覚えた。そこで、私は自分の机の前に坐って、古本屋で買って来た講談本か何かを、読耽っている様子をした。そして、実は松村の挙動をソッと盗み見ていたのである。

按摩が帰って了うと、松村も彼の机の前に坐って、何か紙切れに書いたものを読んでいる様であったが、軈《やが》て彼は懐中から、もう一枚の紙切れを取出して机の上に置いた。それは、極く薄く、二寸四方程の、小さいもので、細い文字が一面に認めてあった。彼は、この二枚の紙片れを、熱心に比較研究している様であった。そして、鉛筆を以て、新聞紙の余白に、何か書いては消し、書いては消していた。

　そんなことをしている間に、電燈が点いたり、表通りを豆腐屋のラッパが通過ぎたり、縁日《えんにち》にでも行くらしい人通りが、暫く続いたり、それが途絶《とだ》えると、支那蕎麦屋《そばや》の哀れげなチャルメラの音《ね》が聞えたりして、いつの間にか夜が更けたのである。それでも松村は、食事さえ忘れて、この妙な仕事に没頭していた。私は黙って、自分の床を敷いて、ゴロリ横になると、退屈にも、一度読んだ講談を、更らに読み返しでもする外はなかったのである。

「君、東京地図はなかったかしら」

　突然、松村がこういって、私の方を振向いた。

「サア、そんなものはないだろう。下のお上《かみ》さんにでも聞いて見たらどうだ」

「ウン、そうだな」

　彼は直ぐに立上って、ギシギシいう梯子《はしご》段を下へ降りて行ったが、軈て、一枚の折目から破れ相《そう》になった東京地図を借りて来た。そして、又机の前に坐ると、熱心な研究を続けるのであった。私は益々募る好奇心を以て彼の様子を眺めていた。

　下の時計が九時を打った。松村は、長い間の研究が、一段落を告げたと見えて、机の前から立上っ

て私の枕頭《まくらもと》へ坐った。そして少し言いにく相に、

「君、一寸、十円ばかり出して呉れないか」

と云うのだ。私は、松村のこの不思議な挙動については、読者にはまだ明してない所の、私丈けの深い興味を持っていた。それ故、彼に十円という、当時の私共に取っては、全財産の半分であったところの大金を与えることに、少しも異議を唱えなかった。

松村は、私から十円札を受取ると、古袷《ふるあわせ》一枚に、皺くちゃのハンチングという扮装で、何も云わずに、プイとどこかへ出て行った。

一人取残された私は、松村の其後の行動について、色々想像を廻らした。そして独りほくそ笑んでいる内に、いつか、うとうとと夢路に入った。暫くして松村が帰って来たのを、夢現《ゆめうつつ》に覚えていたが、それからは、何も知らずに、グッスリと朝まで寝込んで了ったのである。

随分寝坊の私は、十時頃でもあったろうか、眼を醒《さま》して見ると、枕頭に妙なものが立っているのに驚かされた。というのは、そこには、縞《しま》の着物に角帯を締めて、紺の前垂れをつけた一人の商人風の男が、一寸した風呂敷包を背負《しょ》って立っていたのである。

「なにを妙な顔をしているんだ。俺だよ」

驚いたことには、その男が、松村武の声を以て、こういったのである。よくよく見ると、それは如《い》何《か》にも松村に相違ないのだが、服装がまるで変っていたので、私は暫くの間、何が何だか、訳がわからなかったのである。

「どうしたんだ。風呂敷包なんか背負って。それに、そのなりはなんだ。俺はどこの番頭さんかと思った」

「シッ、シッ、大きな声だなあ」松村は両手で抑《おさ》えつける様な恰好をして、囁《ささや》く様な小声で、「大変なお土産を持って来たよ」

というのである。

「君はこんなに早く、どっかへ行って来たのかい」

私も、彼の変な挙動につられて、思わず声を低くして聞いた。すると、松村は、抑えつけても抑えつけても、溢れて来る様な、ニタニタ笑いを顔一杯に漲《みなぎ》らせながら、彼の口を私の耳の側《そば》まで持って来て、前よりは一層低い、あるかなきかの声で、こういったのである。

「この風呂敷包の中には、君、五万円という金が這入っているのだよ」

下

読者も既に想像されたであろう様に、松村武は、問題の紳士泥坊の隠して置いた五万円を、どこからか持って来たのであった。それは、彼の電気工場へ持参すれば、五千円の懸賞金に与《あずか》ることの出来る五万円であった。だが、松村はそうしない積りだと云った。そして、その理由《わけ》を次の様に説明した。

彼に云わせると、その金を馬鹿正直に届け出るのは、愚《おろか》なことであるばかりでなく、同時に、非常に危険なことでもあるというのであった。其筋の専門の刑事達が、約一箇月もかかって探し廻っても、発見されなかったこの金である。仮令このまま我々が頂戴して置いた所で、誰が疑うものか、我々にしたって、五千円よりは五万円の方が有難いではないか。

それよりも恐しいのは、彼奴《きゃつ》、紳士泥坊の復讐である。こいつが恐しい。刑期の延びるのを犠牲にしてまで隠して置いたこの金を、横取りされたと知ったら、彼奴、あの悪事にかけては天才といってもよい所の彼奴が、見逃して置こう筈がない――松村は寧ろ泥坊を畏敬《いけい》している口調であった――このまま黙って居ってさえ危いのに、これを持主に届けて、懸賞金を貰いなどしようものなら、直ぐ松村武の名が新聞に出る。それは、態々《わざわざ》彼奴に敵のありかを教える様なものではないかというのである。

「だが少くとも現在に於《おい》ては、俺は彼奴に打勝ったのだ。エ、君、あの天才泥坊に打勝ったのだ。この際、五万円も無論有難いが、それよりも、俺はこの勝利の快感でたまらないんだ。俺の頭はいい。少くとも貴公よりはいいということを認めて呉れ。俺をこの大発見に導いて呉れたものは、昨日君が俺の机の上にのせて置いた、煙草のつり銭の二銭銅貨なんだ。あの二銭銅貨の一寸した点について、君が気づかないで、俺が気づいたということはだ。そして、たった一枚の二銭銅貨から、五万円という金を、エ、君、二銭の二百五十万倍である所の五万円という金を探し出したのは、これは何だ。少くとも、君の頭よりは、俺の頭の方が優れているということじゃないかね」

二人の多少知識的な青年が、一間の内に生活していれば、其処《そこ》に、頭のよさについての競争が行われるのは、至極《しごく》あたり前のことであった。松村武と私とは、その日頃、暇にまかせて、よく議論を戦わしたものであった。夢中になって喋っている内に、いつの間にか夜が明けて了う様なことも珍しくなかった。そして、松村も私も、互《たがい》に譲らず、「俺の方が頭がいい」ことを主張していたものである。そこで、松村がこの手柄――それは如何にも大きな手柄であった――を以て、我々の頭の優劣を証拠立てようとした訳である。

「分った、分った。威張《いば》るのは抜きにして、どうしてその金を手に入れたか、その筋道を話して見ろ」

「マア急《せ》くな。俺は、そんなことよりも、五万円の使途《つかいみち》について考えたいと思っているんだ。だが、君の好奇心を充《みた》す為《ため》に、一寸、簡単に苦心談をやるかな」

　併し、それは決して私の好奇心を充す為ばかりではなくて、寧ろ彼自身の名誉心を満足させる為であったことはいうまでもない。それは兎《と》も角《かく》、彼は次の様に、所謂苦心談を語り出したのである。私は、それを、心安《こころやす》だてに、蒲団の中から、得意そうに動く彼の顎《あご》の辺を見上げて、聞いていた。

「俺は、昨日君が湯へ行った後で、あの二銭銅貨を弄《もてあそ》んでいる内に、妙なことには、銅貨のまわりに一本の筋がついているのを発見したんだ。こいつはおかしいと思って、調べて居ると、なんと驚いたことには、あの銅貨が二つに割れたんだ。見給えこれだ」

　彼は、机の抽斗《ひきだし》から、その二銭銅貨を取出して、丁度、宝丹の容器を開ける様に、ネジを廻しながら、上下に開いた。

「これ、ね、中が空虚《から》になっている。銅貨で作った何かの容器なんだ。なんと精巧な細工じゃないか、一寸見たんじゃ、普通の二銭銅貨とちっとも変りがないからね。これを見て、俺は思当ったことがあるんだ。俺はいつか、牢破りの名人が用いるという、鋸《のこぎり》の話を聞いたことがある。それは、懐中時計のゼンマイに歯をつけた、小人島の帯鋸《おびのこぎり》見た様なものを、二枚の銅貨を擦り減らして作った容器の中へ入れたもので、これさえあれば、どんな厳重な牢屋の鉄の棒でも、何なく切破って脱牢するんだ相だ。なんでも元は外国の泥坊から伝ったものだ相だがね。そこで、俺は、この二銭銅貨も、そうした泥坊の手から、どうかして紛れ出したものだろうと想像したんだ。だが、妙なことはそればかりじゃなかった。というのは、俺の好奇心を、二銭銅貨そのものよりも、もっと挑発した所の、一枚の紙切がその中から出て来たんだ。それはこれだ」

それは、昨夜松村が一生懸命に研究していた、あの薄い小さな紙切であった。その二寸四方程の薄《うす》葉《よう》らしい日本紙には、細い字で次の様に、訳の分らぬものが書きつけてあった。

陀、無弥仏、南無弥仏、阿陀仏、弥、無阿弥陀、無陀、弥、無弥陀仏、無陀、陀、南無陀仏、南無仏、
陀、無阿弥陀、無陀、南仏、南陀、無弥、無阿弥陀仏、弥、南阿陀、無阿弥、南陀仏、南阿弥陀、阿
陀、南弥、南無弥仏、無阿弥陀、南無弥陀、南弥、南無弥仏、無阿弥陀、南無陀、南無阿、阿陀仏、
無阿弥、南阿、南阿仏、陀、南阿陀、南無、無弥仏、南弥仏、阿弥、弥、無弥陀仏、無陀、南無阿弥
陀、阿陀仏、

「この坊主の寝言見たようなものは、なんだと思う。俺は最初は、いたずら書きだと思った。前非《ぜんぴ》を悔いた泥坊かなんかが、罪亡ぼしに南無阿弥陀仏を沢山並べて書いたのかと思った。そして、牢破りの道具の代りに銅貨の中へ入れて置いたのじゃないかと思った。が、それにしては、南無阿弥陀仏と続けて書いてないのがおかしい。陀とか、無弥仏とか、悉く南無阿弥陀仏の六字の範囲内ではあるが、完全に書いたのは一つもない。一字切りの奴もあれば、四字五字の奴もある。俺は、こいつはただの悪戯《いたずら》書きではないなと感づいた。

丁度その時、君が湯屋から帰って来た跫音《あしおと》がしたんだ。俺は急いで、二銭銅貨とその紙片を隠した。どうして隠したというのか。俺にもはっきり分らないが、多分この秘密を独占したかったのだろう。そして凡《すべ》てが明かになってから君に見せて、自慢したかったのだろう。ところが、君が梯子段を上っている間に、俺の頭に、ハッとする様なすばらしい考《かんがえ》が閃《ひらめ》いたんだ。というのは、例の紳士泥坊のことだ。五万円の紙幣をどこへ隠したのか知らないが、まさか、刑期が満《みつ》るまで其儘《そのまま》でいようとは、彼奴だって考えないだろう。そこで、彼奴には、あの金を保管させる所の、手下乃至《ないし》は相棒といった様なものがあるに相違ない。今仮にだ、彼奴が不意の捕縛の為に、五万円の隠し場所を相棒に知らせる暇がなかったとしたらどうだ。彼奴としては、未決監《みけつかん》に居る間に、何かの方法でその仲間に通信する外はないのだ。このえたいの知れない紙切が、若しもその通信文であったら……

こういう考が俺の頭に閃いたんだ。無論空想さ。だが一寸甘い空想だからね。そこで、君に二銭銅貨の出所についてあんな質問をした訳だ。ところが君は、煙草屋の娘が監獄の差入屋へ嫁いているというではないか。未決監に居る泥坊が外部と通信しようとすれば、差入屋を媒介者にするのが最も容易だ。そして、若しその目論見が何かの都合で手違いになったとしたら、その通信は差入屋の手に残っている筈だ。それが、その家の女房によって親類の家に運ばれないと、どうして云えよう。さあ、俺は夢中になって了った。

さて、若しこの紙切の無意味な文字が一つの暗号文であるとしたら、それを解くキイは何だろう。俺はこの部屋の中を歩き廻って考えた。可也《かなり》難しい、全部拾って見ても、南無阿弥陀仏の六字と読点だけしかない。この七つの記号を以て、どういう文句が綴れるだろう。

俺は暗号文については、以前に一寸研究したことがあるんだ。シャーロック・ホームズじゃないが、百六十種位の暗号の書き方は俺だって知っているんだ。[※3]（Dancing Men 参照）で、俺は、俺の知っている限りの暗号記法を、一つ一つ頭に浮べて見た。そして、この紙片《かみき》れの奴に似ているのを探した。随分手間取った。確か、その時君が飯屋へ行くことを勧めたっけ。俺はそれを断って一生懸命考えた。で、とうとう少しは似た点があると思うのを二つ丈け発見した。

その一つは[※4] Bacon の発明した two letter 暗号法という奴で、それはaとbとのたった二字の色々な組合せで、どんな文句でも綴ることが出来るのだ。例えば fly という言葉を現す為には aabab, aabba, ababa と綴るといった調子のものだ。

も一つは、チャールス一世の王朝時代に、政治上の秘密文書に盛んに用いられた奴で、アルファベットの代りに、一組の数字を用いる方法だ。例えば」

松村は机の隅に紙片れをのべて、左《さ》の様なものを書いた。

A　　B　　C　　D…………

1111　1112　1121　1211…………

「つまり、Aの代りには一千百十一を置き、Bの代りには一千百十二を置くといった風のやり方だ。俺は、この暗号も、それらの例と同じ様に、いろは四十八字を、南無阿弥陀仏を色々に組合せて置換えたものだろうと想像した。

さて、こいつを解く方法だが、これが英語か仏蘭西《フランス》語か独逸《ドイツ》語なら、ポオの[※5]Gold bug にある様にeを探しさえすれば訳はないんだが、困ったことに、こいつは日本語に相違ないんだ。念の為に一寸ポオ式の[※6]ディシファリングを試みて見たが、少しも解けない。俺はここでハタと行詰《ゆきづま》って了った。

六字の組合せ六字の組合せ、俺はそれ計《ばか》り考えて又座敷を歩き廻った。俺は六字という点に何か暗示がないかと考えた。そして六つの数で出来ているものを、思い出せる丈け思い出して見た。

滅多《めった》矢鱈《やたら》に六という字のつくものを並べている内に、ふと、講談本で覚えた所の真田《さなだ》幸村《ゆきむら》の旗印の六連銭《ろくれんせん》を思い浮べた。そんなものが暗号に何の関係もある筈はないのだが、どういう訳か「六連銭」と、口の中で呟いた。

すると、するとだ。インスピレーションの様に、俺の記憶から飛び出したものがある。それは、六連銭をそのまま縮小した様な形をしている、盲人の使う点字であった。俺は思わず、「うまい」と叫んだよ。だって、なにしろ五万円の問題だからなあ。

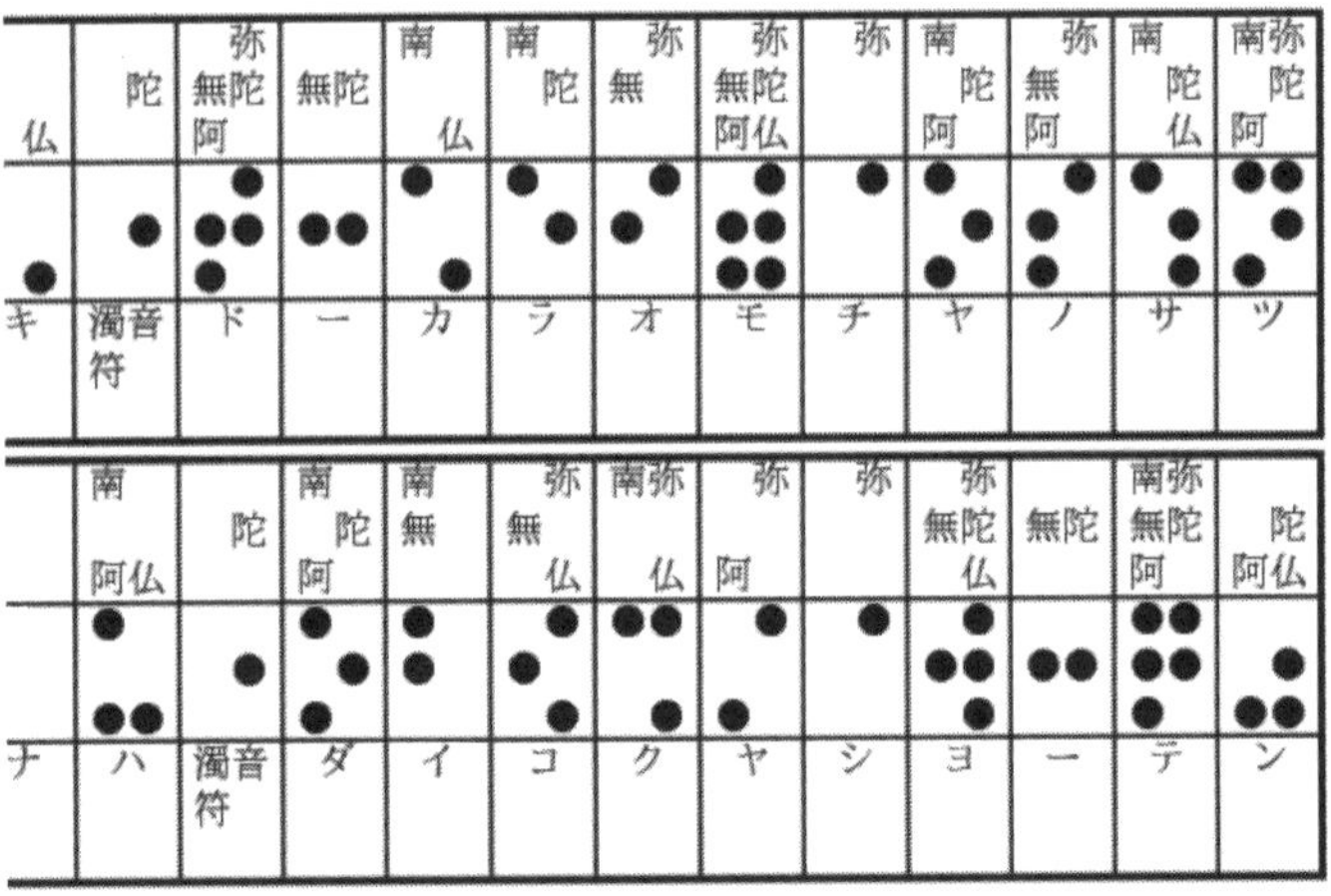

俺は点字について詳しくは知らなかったが、六つの点の組合せということ丈けは記憶していた。そこで、早速按摩を呼んで来て伝授に与《あずか》ったという訳だ。これが按摩の教えて呉れた点字のいろはだ」

そういって松村は、机の抽斗《ひきだし》から一枚の紙片を取出した。それには、点字の五十音、濁音符、半濁音符、拗音符、促音符、長音符、数字などが、ズッと並べて書いてあった。

「今、南無阿弥陀仏を、左から始めて、三字ずつ二行に並べれば、この点字と同じ配列になる。南無阿弥陀仏の一字ずつが、点字の各々の一点に符合する訳だ。そうすれば、点字のアは南、イは南無という工合《ぐあい》に当嵌《あては》めることが出来る。この調子で解けばいいのだ。そこで、これは、俺が昨夜《ゆうべ》この暗号を解いた結果だがね。一番上の行が原文の南無阿弥陀仏を点字と同じ配列にしたもの、真中の行がそれに符合する点字、そして一番下の行が、それを飜訳《ほんやく》したものだ」

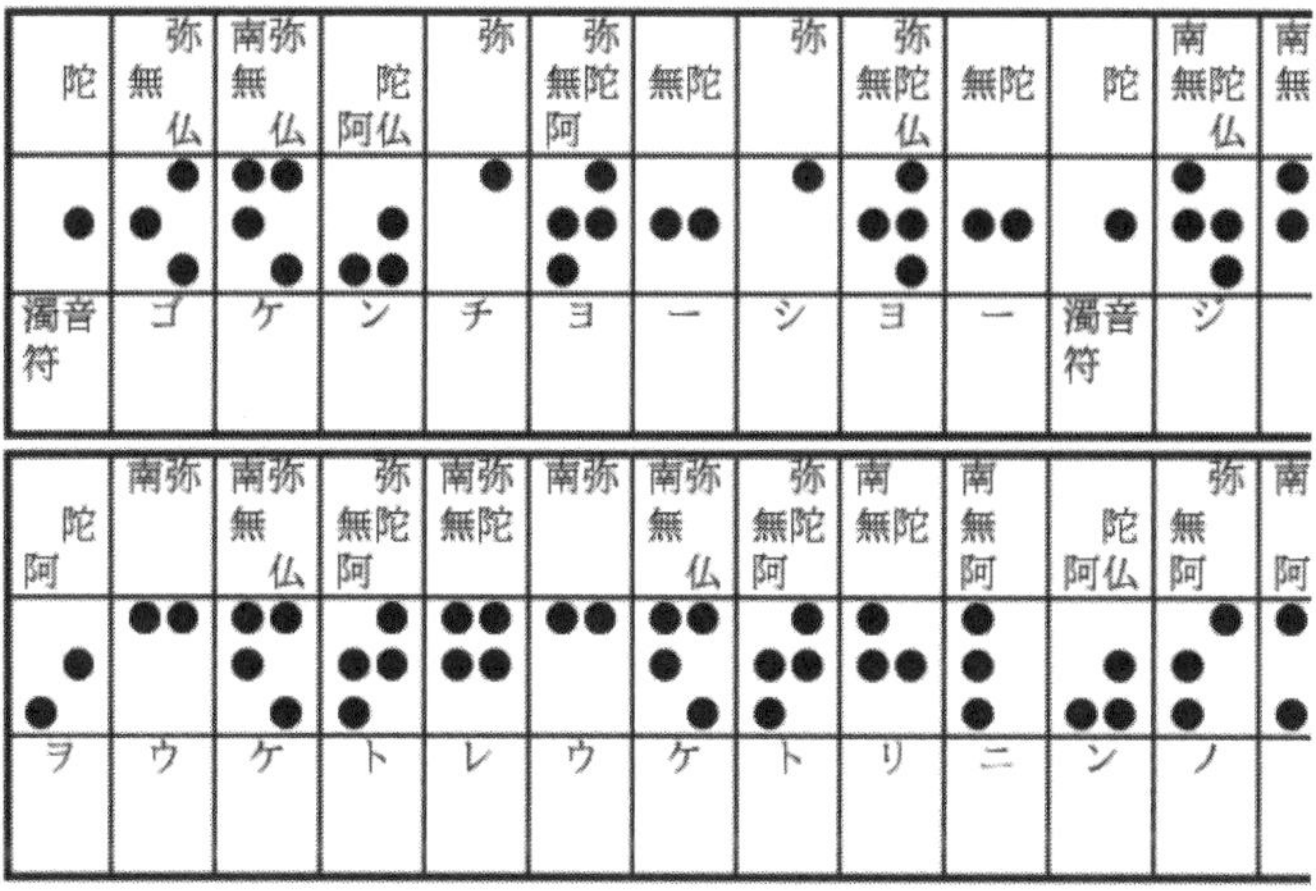

こういって、松村は又もや上の様な紙切を取出したのである。
「ゴケンチョーショージキドーカラオモチャノサツヲウケトレウケトリニンノナハダイコクヤショーテン。
つまり、五軒町の正直堂から玩具の札を受取れ、受取人の名は大黒屋商店というのだ。意味はよく分る。だが、何の為に玩具の紙幣なんかを受取るのだろう。そこで、俺は又考えさせられた。併し、この謎は割合簡単に解くことが出来た。そして、俺はつくづくその紳士泥坊の、頭がよくって敏捷《びんしょう》で、尚《な》お其上に小説家の様なウイットを持っていることに感心して了った。エ、君、玩具の紙幣とはすてきじゃないか。
　俺はこう想像したんだ。そして、それが幸にも悉く適中した訳だがね。紳士泥坊は、万一を慮《おもんばか》って、盗んだ金の最も安全な隠し場所を、予《あらかじ》め用意して置いたに相違ないんだ。さて、世の中に一番安全な隠し方は、隠さないで隠すことだ。衆人の目の前に曝《さら》して置いて、しかも誰もがそれに気づかないという様な隠し方が最も安全なんだ。

恐るべきあいつは、この点に気づいたんだ。と、想像するのだがね。で、玩具の紙幣という巧妙なトリックを考え出した。俺は、この正直堂というのは、多分玩具の札なんかを印刷する店だと想像した。――これも当って居ったがね。――そこへ、彼奴は大黒屋商店という名で、予め玩具の札を註文して置いたんだ。

近頃、本物と寸分違わない様な玩具の紙幣が、花柳界《かりゅうかい》などで流行している相《そう》だ。それは誰かから聞いたっけ。アア、そうだ。君がいつか話したんだ。ビックリ函《ばこ》だとか、本物とちっとも違わない、泥で作った菓子や果物だとか、蛇の玩具だとか、ああしたものと同じ様に、女の子を吃驚《びっくり》させて喜ぶ粋《すい》人《じん》の玩具だといってね。だから、彼奴が本物と同じ大きさの札を註文した所で、ちっとも疑《うたがい》を受ける筈はないんだ。

こうして置いて、彼奴は、本物の紙幣をうまく盗み出すと、多分その印刷屋へ忍び込んで、自分の註文した玩具の札と擦り換えて置いたんだ。そうすれば、註文主が受取に行くまでは、五万円という天下通用の紙幣が、玩具の札として、安全に印刷屋の物置に残っている訳だからね。

これは単に俺の想像かも知れない。だが、随分可能性のある想像だ。俺は兎に角当って見ようと決心した。地図で五軒町という町を探すと、神田《かんだ》区内にあることが分った。そこで愈々《いよいよ》玩具の札を受取に行くのだが、こいつが一寸難しい。というのは、この俺が受取に行ったという痕跡を、少しだって残してはならないんだ。

もしそれが分ろうものなら、あの恐ろしい悪人がどんな復讐をするか、思った丈けで気の弱い俺はゾッとするからね。兎に角、出来る丈け俺でない様に見せなければいけない。そういう訳で、あんな変装をしたんだ。俺はあの十円で、頭の先から足の先まで身なりを変えた。これ見給え、これなんか一寸いい思つきだろう」

そういって、松村はそのよく揃った前歯を出して見せた。そこには、私が先程から気づいていた所の、一本の金歯が光っていた。彼は得意そうに、指の先でそれをはずして、私の眼の前へつき出した。

「これは夜店で売っている、ブリキに鍍金《めっき》した奴だ。ただ歯の上に冠せて置く丈けの代物《しろもの》さ。僅か二十銭のブリキのかけらが大した役に立つからね。金歯という奴はひどく人の注意を惹《ひ》くものだ。だから、後日俺を探す奴があるとしたら、先ずこの金歯を眼印にするだろうじゃないか。さてこれ丈けの用意が出来ると、俺は今朝早く五軒町へ出掛けた。一つ心配だったのは、玩具の札の代金のことだった。泥坊の奴、きっと、転売なんかされることを恐れて、前金で支払って置いただろうとは思ったが、若しもまだだったら、少くとも二三十円は入用だからね。生憎《あいにく》我々にはそんな金の持合せがない。ナアニ、何とかごまかせばいいと高を括《くく》って出掛けた。――案の定印刷屋は、金のことなんかは一言も云わないで、品物を渡して呉れたよ。――かようにして、まんまと首尾よく五万円を横取りした訳さ。……さてその使途《つかいみち》だ。どうだ。何か、考はないかね」

松村が、これ程興奮して、これ程雄弁に喋ったことは珍しい。私はつくづく五万円という金の偉力に驚嘆した。私は其都度《つど》形容する煩《はん》を避けたが、松村がこの苦心談をしている間の、嬉し相な様というものは、全く見物《みもの》であった。彼ははしたなく喜ぶ顔を見せまいとして、大いに努力して居った様であるが、努《つと》めても、努めても、腹の底から込み上げて来る、何とも云えぬ嬉し相な笑顔は隠すことが出来なかった。

話の間々にニヤリと洩《も》らす、その形容のし様もない、狂気の様な笑いは、私は寧ろ凄いと思った。併し、昔千両の富籤《とみくじ》に当って発狂した貧乏人があったという話もあるのだから、松村が五万円に狂喜するのは決して無理ではなかった。

私はこの喜びがいつまでも続けかしと願った。松村の為にそれを願った。

だが、私には、どうすることも出来ぬ一つの事実があった。止めようにも止めることの出来ない笑いが爆発した。私は笑うんじゃないと自分自身を叱《しか》りつけたけれども、私の中の、小さな悪戯好きの悪魔が、そんなことには閉口《へこ》たれないで私をくすぐった。私は一段と高い声で、最もおかしい笑劇を見ている人の様に笑った。

松村はあっけにとられて、笑い転《こ》ける私を見ていた。そして、一寸変なものにぶっつかった様な顔をして云った。

「君、どうしたんだ」

私はやっと笑いを噛み殺してそれに答えた。

「君の想像力は実にすばらしい。よくこれ丈けの大仕事をやった。俺はきっと今迄の数倍も君の頭を尊敬する様になるだろう。成程君の云う様に、頭のよさでは敵《かな》わない。だが、君は、現実というものがそれ程ロマンチックだと信じているのかい」

松村は返事もしないで、一種異様の表情を以て私を見詰めた。

「言い換えれば、君は、あの紳士泥坊にそれ程のウイットがあると思うのかい。君の想像は、小説としては実に申分がないことを認める。けれども世の中は小説よりはもっと現実的だからね。そして、若し小説について論じるのなら、俺は少し君の注意を惹き度い点がある。それは、この暗号文には、もっと外の解き方はないかということだ。君の飜訳したものを、もう一度飜訳する可能性はないかということだ。例えばだ、この文句を八字ずつ飛ばして読むという様なことは出来ないことだろうか」

私はこういって、松村の書いた暗号の飜訳文に左の様な印をつけた。

ゴケンチョーショージキドーカラオモチャノサツヲウケトレウケトリニンノナハダイコクヤショーテン
「ゴジャウダン。君、この『御冗談』というのは何だろう。エ、これが偶然だろうか。誰かの悪戯だという意味ではないだろうか」

松村は物をも云わずに立上った。そして、五万円の札束だと信じ切っている所の、かの風呂敷包を私の前へ持って来た。

「だが、この大事実をどうする。五万円という金は、小説の中からは生れないぞ」

彼の声には、果《はた》し合《あい》をする時の様な真剣さが籠《こも》っていた。私は恐ろしくなった。そして、私の一寸したいたずらの、予想外に大きな効果を、後悔しないではいられなかった。

「俺は、君に対して実に済まぬことをした。どうか許して呉れ。君がそんなに大切にして持って来たのは、矢張《やは》り玩具の札なんだ。マア、それを開いてよく調べて見給え」

松村は、丁度暗《やみ》の中で物を探る様な、一種異様の手附で――それを見て、私は益々気の毒になった――長い間かかって風呂敷包を解いた。そこには、新聞紙で丁寧に包んだ、二つの四角な包みがあった。その内の一つは新聞が破れて中味が現れていた。

「俺は途中でこれを開いて、この眼で見たんだ」

松村は喉に閊《つか》えた様な声で云って、尚おも新聞紙をすっかり取り去った。

それは、如何にも真《しん》にせまった贋物であった。一寸見たのでは、凡ての点が本物であった。けれども、よく見ると、それらの札の表面には、圓という字の代りに團という字が、大きく印刷されてあった。二十圓、十圓ではなくて、二十團、十團であった。

松村はそれを信ぜぬように、幾度も幾度も見直していた。そうしている内に、彼の顔からは、あの笑いの影がすっかり消去って了った。そして、後には深い深い沈黙が残った。私は済まぬという心持で一杯であった。私は、私の遣り過ぎたいたずらについて説明した。けれども、松村はそれを聞こうともしなかった。その日一日はただ唖者の様に黙り込んでいた。

これで、このお話はおしまいである。けれども、読者諸君の好奇心を充す為に、私のいたずらについて、一言説明して置かねばならぬ。

正直堂という印刷屋は、実は私の遠い親戚であった。私はある日、せっぱ詰った苦しまぎれに、そのふだんは不義理を重ねている所の親戚のことを思出した。そして、いくらでも金の都合がつけばと思って、進まぬながら久し振りでそこを訪問した。――無論このことについては松村は少しも知らなかった。――借金の方は予想通り失敗であったが、その時図《はか》らずも、あの本物と少しも違わない様な、其時は印刷中であった所の、玩具の札を見たのである。そしてそれが、大黒屋という長年の御得意先の註文品だということを聞いたのである。

私はこの発見を、我々の毎日の話柄《わへい》となっていた、あの紳士泥坊の一件と結びつけて、一芝居打って見ようと、下らぬいたずらを思いついたのであった。それは、私も松村と同様に、頭のよさについて、私の優越を示す様な材料が掴《つか》み度いと、日頃から熱望していたからであった。

あのぎこちない暗号文は、勿論私の作ったものであった。併し、私は松村の様に外国の暗号史に通じていた訳ではない。ただ一寸した思いつきに過ぎなかったのだ。煙草屋の娘が差入屋へ嫁《とつ》いでいるという様なことも、矢張り出鱈目であった。第一、その煙草屋に娘があるかどうかさえ怪しかった。ただ、このお芝居で、私の最も危《あやぶ》んだのは、これらのドラマチックな方面ではなくて、最も現実的な併し全体から見ては極めて些細《ささい》な、少し滑稽味《こっけいみ》を帯びた、一つの点であった。それは、私が見た所のあの玩具の札が、松村が受取りに行くまで、配達されないで、印刷屋に残っているかどうかということであった。

玩具の代金については、私は少しも心配しなかった。私の親戚と大黒屋とは延取引《のべとりひき》であったし、其上もっといい事は、正直堂が極めて原始的な、ルーズな商売のやり方をして居ったことで、松村は別段、大黒屋の主人の受取証を持参しないでも失敗する筈はなかったからである。

最後に、彼《か》のトリックの出発点となった二銭銅貨については、私は茲に詳しい説明を避けねばならぬことを遺憾に思う。若し、私がへまなことを書いては、後日、あの品を私に呉れたある人が、飛んだ迷惑を蒙《こうむ》るかも知れないからである。読者は、私が偶然それを所持していたと思って下さればよいのである。

※１ 紙を貼った上に漆を塗った漆器の細工の一種。　※２ １８７３（明治６）年から１８８４（明治17）年に造られた直径31・81㎜。厚さ２・３㎜の大型銅貨。　※３ コナン・ドイルの小説「踊る人形」のこと。作中でホームズが「百六十種の暗号を分析」とある。　※４ イギリスの哲学者で政治家のフランシス・ベイコンのこと。　※５ エドガー・アラン・ポーの小説「黄金虫」のこと。
※６ 置き換え式の暗号解読法。最も頻繁に使われるアルファベット「Ｆ」から順に当てはめて解いていく。

キャラクターファイル —— 文豪読み解きミニ事典 —— 江戸川乱歩

直筆原稿

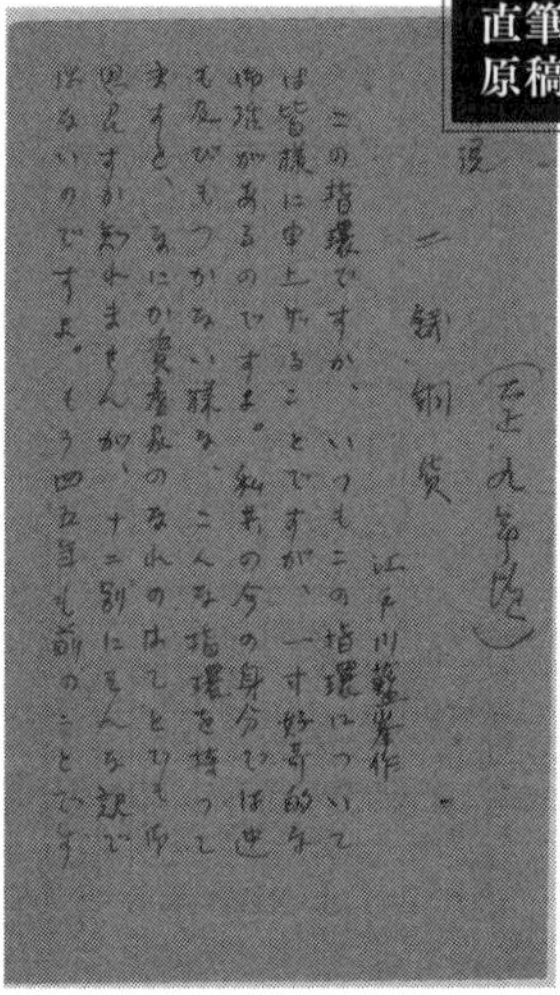

「二銭銅貨」

江戸川乱歩のデビュー作「二銭銅貨」の直筆原稿。1923(大正12)年に雑誌『新青年』四月増大号(博文館)に掲載。日本初の本格探偵小説ともいわれる(立教大学江戸川乱歩記念大衆文化研究センター所蔵)

生の声

デビュー当時の心境・状況

〔デビューから40年後に当時を振り返った自作解説「処女作『二銭銅貨』」より(昭和36年11月号「本の手帖」)〕

〔前略〕明治二十年代には黒岩涙香《くろいわるいこう》の翻訳探偵小説が、一世を風靡《ふうび》するほど盛んに読まれたが、明治三十年の半ばから大正年代は、探偵小説の空白時代であった。少年ものは書かれていたけれどおとなの読み物としての探偵小説は全く存在せず、探偵小説雑誌も一つも出ていなかった。

私はそういう不振時代に、ひとりで探偵小説を愛好していた。英米の探偵小説を愛読しながら、日本ではだめだから、イギリスかアメリカに渡って、英文に上達し、向うで探偵作家になりたいな

ど と、本気でそんなことを考えていたものである。

そういう空白の中へ、大正九年「新青年」が創刊され、編集長森下雨村さんが探偵小説ずきであったため、同誌はだんだん探偵小説雑誌に転向して行った。西洋探偵小説ばかりを満載した増刊を、年に何回か発行して、大いに好評を博した。

私はそれを見て、だまっていられなくなった。こんなに西洋のものが歓迎せられるのなら、もう日本人の探偵小説が出たっていいだろう、一つ自分で書いてみようかという気持になった。大正十一年の夏、ちょうど失業時代で時間はあり余っていたので、「二銭銅貨」と「一枚の切符」という二つの短篇を書き上げた、これを誰に見てもらおうかと考えた。

〔中略〕「新青年」の編集長森下雨村さんに、直接送ってみることにした。

森下さんも最初はとりあってくれなかった。編集事務多忙のため急には拝見できない。また、「新青年」は翻訳探偵小説を主としているので、作品は他の雑誌に御紹介するかもしれないという返事だ。これを読んで、私は甚《はなは》だ不満であった。他の雑誌にのせるくらいなら、「新青年」の編集長に送りはしない。「新青年」に送るからには、翻訳ものに比べて見劣りしないと考えるからだ。他の雑誌にのせるのなら、こちらで御免をこうむる。原稿は返してください、という意味の手紙を出した。

この強気の手紙が効を奏した。森下さんは、こいつ生意気なやつ、いったいどんな小説を書いているのかと、机の引出しにほうり込んであった二つの原稿を、取り出して読んでくれた。そして、「大いに感心した。これなら『新青年』にのせられる」という手紙をくれた。私は入学試験に一番で合格したほどの喜びを感じたものである。

まず「二銭銅貨」のほうが、翌大正十二年四月号の「新青年」に、小酒井不木博士の讃辞つきで発表せられた。その発表の前月号の予告に、森下さんはこんなふうに書いてくれたのである。「日本にも外国の作品に劣らぬ探偵小説が出なくてはならぬ。私たちはこういっていたのである。が、果然、そうした立派な作品が現われた。真に外国の作品にも劣らない、いや、或る意味においては外国の作品よりもすぐれた長所を持った、純然たる創作が生れたのである。次号に発表する江戸川氏の作品がそれである」

そういうわけで、私は処女作の発表には、ほとんど苦労をしていない。だれに師事したわけでもなく、突然、未知の編集長に原稿を送って、すぐに採用され、作家になる気もなかったのに、意外な好評で、つい作家になってしまったというわけである。〔後略〕

トピック❶ 引っ越し魔

1894（明治27）年、三重県名張町（現名張市）に生まれた江戸川乱歩（本名：平井太郎）は、父親の転勤により2歳で初めて引っ越しして以来、終の棲家となる東京・池袋の家に落ち着くまで、生涯に46回、東京だけでも26回の引っ越しをしている。

引っ越しの理由は、作家になる前は仕事を転々と変えたことと、そして作家になったあとは蔵書が増えると整理できずにより大きな家に引っ越したのだった。さまざまな場所に住んだことが少年探偵団などの小説に活かされている。

トピック❷ 初恋は15歳、相手は男性

同性愛をテーマに描かれた『孤島の鬼』を書いた乱歩の初恋は中学2年生（数えで15歳）の時。相手は同級生で、柔弱な美少年だったらしく、出会ってもはにかむ間柄というプラトニックな関係だったという。ラブレターを交わしていた。

「そりゃもう、ずいぶんだらしのないことを書いたものです。その文句のあるものは今でも覚えているが、中に『君を食ってしまいたい』なんてものもあった。うわべだけでなく、心からプラトニックにそんなふうに思っていた。どちらが稚児さんというわけでなく、双方対等の立場で、男女のご

とく愛し合った。」（「乱歩打明け話」より）

乱歩は１９１９（大正８）年に、三重県の坂手島の小学校教師だった村山隆子と結婚、一男をもうけている。

トピック④ 明智小五郎の誕生は大阪

１９２５年（大正14）年１月、乱歩は名探偵・明智小五郎が初登場する「D坂の殺人事件」を雑誌『新青年』に発表した。東京が舞台のこの小説、実は大阪の守口町（現守口市）で書かれたものだった。１９２３（大正12）年、『新青年』にデビュー作「二銭銅貨」を発表した乱歩だったが、作家だけでは食べていけず、同年７月、大阪毎日新聞広告部に就職（翌年11月には退社）、守口町に夫婦で住み、副業として短編小説を発表していた。１９２４（大正13）年11月、専業作家となることを決意し、大阪毎日新聞を退社、１９２６（大正15）年１月に上京している。

トピック⑤ 作家だけじゃない乱歩

探偵小説作家として知られている乱歩だが、さまざまな形で探偵小説（推理小説）の発展に貢献した。

１９３５（昭和10）年から、アガサ・クリスティやエラリー・クイーンなどの海外の推理作家を日本に紹介するとともに、評論も行い、新人作家の発掘にも力を入れた。

戦後は１９４６（昭和21）年４月に創刊された探偵小説誌『宝石』に協力し、経営状態が悪化すると57年８月号から編集長を務め、資金も援助。

さらに、１９４７（昭和22）年には探偵作家クラブ（現在の一般社団法人日本推理作家協会）を創設し、探偵作家クラブ賞（現在の日本推理作家協会賞）などを創設するとともに年鑑の発行なども行って、探偵小説の地位向上にも尽力した。新人の登竜門として江戸川乱歩賞を創設したことも特筆すべきことだ。

聖地巡礼❶

旧江戸川乱歩邸

引っ越し魔だった乱歩が１９３４（昭和９）年に移り住むと、70歳で逝去する１９６５（昭和40）年まで住み続けたのがこの邸宅。立教大学に隣接しており、乱歩の邸宅と土蔵がある。２階建ての土蔵は書庫で、１階には和書や洋書が、２階には江戸文学などの和本が置かれていた。

乱歩のひとり息子である平井隆太郎氏が立教大学の教授であった縁で、２００２（平成14）年に約４万点近くの蔵書とともに立教大学へ譲渡、２００６（平成18）年に、江戸川乱歩記念大衆文化

旧江戸川乱歩邸
写真上から外観、書庫、応接室（立教大学江戸川乱歩記念大衆文化研究センター提供）

研究センターが設立された。

アクセス 旧江戸川乱歩邸（立教大学）東京都豊島区西池袋5丁目15－17
https://www.rikkyo.ac.jp/research/institute/rampo/

聖地巡礼❷ 乱歩の生誕地

1894（明治27）年に江戸川乱歩が生まれたのは、三重県名賀郡名張町（現名張市）。近鉄名張駅東口には、ベレー帽をかぶり、右手に本を抱えた江戸川乱歩の銅像が立っている。

さらに、乱歩の家があったところには「江戸川乱歩生誕地」の石碑が立つ。石碑には、乱歩の書いた「幻影城」「うつし世はゆめ よるの夢こそまこと」という言葉が刻まれている。石碑の除幕式は、1955（昭和30）年11月3日、乱歩夫妻が臨席して、盛大に催されたという。

江戸川乱歩銅像（photolibrary）

聖地巡礼❸ 江戸川乱歩館～鳥羽みなとまち文学館～

鳥羽造船所に勤務した乱歩が親しく付き合った青年画家・岩田準一の家を改修して文学館としたもの。準一と交わされた江戸川乱歩や竹久夢二の手紙などが展示されているほか、準一の男色文献の研究などについても展示している。館長は、準一の孫の岩田準子氏。

アクセス 江戸川乱歩館～鳥羽みなとまち文学館～
三重県鳥羽市鳥羽2丁目5－2
http://rampomuseum.com/

江戸川乱歩館～鳥羽みなとまち文学館～（photolibrary）

聖地巡礼④ 江戸川乱歩の墓所

1965（昭和40）年7月28日、乱歩は脳内出血で逝去する。晩年の乱歩は高血圧、動脈硬化、副鼻腔炎（蓄膿症）、パーキンソン病などを患っていた。

墓所は東京都西部にある多磨霊園。同霊園には、多くの著名人の墓があり、小説家では中島敦や有島武郎、大岡昇平、田山花袋、三島由紀夫などの墓もある。

墓石には「平井家之墓」と書かれ、右脇に「江戸川乱歩」の墓標がある。

アクセス 多磨霊園 東京都府中市多磨町4－628
（26区1種6番）

VII

TANIZAKI JUNICHIRO

谷崎潤一郎

デビュー作

刺青――1911（明治44）年

谷崎潤一郎

（たにざき　じゅんいちろう）

1886（明治19）年、東京生まれ。東京帝国大学在学中に「刺青」を発表。以降、耽美主義の作家として活躍。戦前には女性拝跪を描いた『痴人の愛』、戦時中には松子夫人とその妹たちの生活を題材にした大作『細雪』を執筆し、晩年には老人の性を追求する『鍵』を執筆するなど、長年にわたって多彩な傑作を発表し続け「大谷崎」と呼ばれた。他の代表作に『春琴抄』『卍』など。享年79。

ブレークまでの道のり

永井荷風が認めた唯一無二の耽美小説の才能

谷崎潤一郎は東京下町の裕福な米の仲買人の家に生まれた。父は婿養子で、母・関は大勢の奉公人を抱える家でお嬢様として育ったため、米の炊き方さえ知らなかったという。さらに錦絵（木版画）の美人画が売り出されるほどの美貌だった。

そんな家のお坊ちゃんとして１８８６（明治19）年に生まれた谷崎は、母に甘えて育った。この母への思慕が、谷崎文学の生涯のテーマである「女性崇拝」に結びついたといわれている。

しかし、父の商売が傾き、谷崎が10歳のときに没落して、本家や親戚の好意に頼るだけの貧困生活に陥ってしまう。

そんな中で学校に通った谷崎だったが、教師に恵まれたこともあり成績は優秀だったという。特に文才は飛び抜けていた。

谷崎は東京府立一中（現在の都立日比谷高校）に進んだが、ここは夏目漱石をはじめとして多くの文学者を輩出しており、文学・同人活動が活発な中学だった。谷崎は『学友会雑誌』に次々と創作を発表し一目置かれる存在となる。

その後、第一高等学校から東京帝国大学（現・東京大学）国文科に進んだ谷崎は「創作家になろうという悲壮な覚悟」を決めた。

谷崎は当時の主流だった現実を細かく描き、暗くなりがちな「自然主義」に逆らい、夢や幻想、鮮やかな色彩・空想力を感じさせる小説を求めた。

1910（明治43）年、谷崎は小山内薫を中心とした同人誌第2次『新思潮』に参加する。

9月創刊号に「誕生」（戯曲）、10月号に「象」（戯曲）、10月号に「刺青」（小説）、11月号に「麒麟」（小説）と続けて作品を発表した。

その3作目の処女小説（執筆は「誕生」より早かったという）「刺青」が、谷崎が崇拝していた作家・永井荷風の目にとまる。

翌年11月、荷風は主宰する『三田文学』に「谷崎潤一郎氏の作品」と題した評論を発表、『新思潮』と『スバル』に発表された谷崎の作品5編（「象」、「刺青」、「麒麟」、小説「少年」、小説「幇間」）を取り上げた。

「明治現代の文壇において今日まで誰一人手を下す事のできなかつた、あるいは手を下そうともしなかった芸術の一方面を開拓した成功者は谷崎潤一郎氏である」

「小説『刺青』は江戸の刺青師清吉が刺青に対する狂的なる芸術的感興を中心にした逸話で、自分の見るところこの一作は氏の作品中第一の傑作である」

と絶賛された谷崎は一気に文壇の注目を浴びる存在になった。そして数々の話題作を発表し続け「大谷崎」とまで呼ばれる文豪への道を歩み始めるのだった。

刺青

それはまだ人々が「愚《おろか》」と云《い》う貴い徳を持って居《い》て、世の中が今のように激しく軋《きし》み合わない時分であった。殿様や若旦那の長閑《のどか》な顔が曇らぬように、御殿女中や華魁《おいらん》の笑いの種が尽きぬようにと、饒舌《じょうぜつ》を売るお茶坊主だの幇間だのと云う職業が、立派に存在して行けた程《ほど》、世間がのんびりして居た時分であった。女定九郎《おんなさだくろう》、女自雷也《じらいや》、女鳴神《なるかみ》、——当時の芝居でも草双紙でも、すべて美しい者は強者であり、醜い者は弱者であった。誰も彼も挙《こぞ》って美しからんと努めた揚句は、天稟《てんぴん》の体へ絵の具を注ぎ込む迄になった。芳烈な、或は絢爛な、線と色とがその頃の人々の肌に躍った。

馬道を通うお客は、見事な刺青《ほりもの》のある駕籠舁《かごかき》を選んで乗った。吉原、辰巳の女も美しい刺青の男に惚れた。博徒、鳶の者はもとより、町人から稀には侍なども入墨《いれずみ》をした。時々両国で催される刺青会では参会者おのおの肌を叩いて、互に奇抜な意匠を誇り合い、評しあった。

清吉と云う若い刺青師《ほりものし》の腕ききがあった。浅草のちゃり文、松島町の奴平《やっへい》、こんこん次郎などにも劣らぬ名手であると持て囃《はや》されて、何十人の人の肌は、彼の絵筆の下に※1絖地《ぬめじ》となって拡げられた。刺青会で好評を博す刺青の多くは彼の手になったものであった。達磨《だるま》金《きん》はぼかし刺《ぼり》が得意と云われ、唐草権太は朱刺《しゅぼり》の名手と讃えられ、清吉は又奇警な構図と妖艶な線とで名を知られた。
もと豊國國貞の風を慕って、浮世絵師の渡世《とせい》をして居ただけに、刺青師に堕落してからの清吉にもさすが画工《えかき》らしい良心と、鋭感とが残って居た。彼の心を惹きつける程の皮膚と骨組みとを持つ人でなければ、彼の刺青を購《あがな》う訳には行かなかった。たまたま描いて貰えるとしても、一切の構図と費用とを彼の望むがままにして、その上堪え難い針先の苦痛を、一と月も二た月もこらえねばならなかった。

この若い刺青師の心には、人知らぬ快楽と宿願とが潜んで居た。彼が人々の肌を針で突き刺す時、真紅に血を含んで脹れ上る肉の疼《うず》きに堪えかねて、大抵の男は苦しき呻き声を発したが、その呻きごえが激しければ激しい程、彼は不思議に云い難き愉快を感じるのであった。刺青のうちでも殊に痛いと云われる朱刺、ぼかしぼり、——それを用うる事を彼は殊更喜んだ。一日平均五六百本の針に刺されて、色上げを良くする為《た》め湯へ浴《つか》って出て来る人は、皆半死半生の体《てい》で清吉の足下に打ち倒れたまま、暫くは身動きさえも出来なかった。その無残な姿をいつも清吉は冷やかに眺めて、

「さぞお痛みでがしょうなあ」

と云いながら、快《こころよ》さそうに笑って居る。

意気地のない男などが、まるで※2知死期《ちしご》の苦しみのように口を歪め歯を喰いしばり、ひいひいと悲鳴をあげる事があると、彼は、

「お前さんも江戸っ児だ。辛抱しなさい。——この清吉の針は飛び切りに痛《いて》えのだから」

こう云って、涙にうるむ男の顔を横目で見ながら、かまわず刺《ほ》って行った。また我慢づよい者がグッと胆《はら》を据えて、眉一つしかめず怺《こら》えて居ると、

「ふむ、お前さんは見掛けによらねえ突《つ》っ張《ぱり》者だ。――だが見なさい、今にそろそろ疼《うず》き出して、どうにもこうにもたまらないようになろうから」

と、白い歯を見せて笑った。

彼の年来の宿願は、光輝ある美女の肌を得て、それへ己《おの》れの魂を刺り込む事であった。その女の素質と容貌とに就いては、いろいろの注文があった。啻《ただ》に美しい顔、美しい肌とのみでは、彼は中々満足する事が出来なかった。江戸中の色町《いろまち》に名を響かせた女と云う女を調べても、彼の気分に適《かな》った味わいと調子とは容易に見つからなかった。まだ見ぬ人の姿かたちを心に描いて、三年四年は空しく憧《あこが》れながらも、彼はなおその願いを捨てずに居た。

丁度《ちょうど》四年目の夏のとあるゆうべ、深川の料理屋平清《ひらせい》の前を通りかかった時、彼はふと門口に待って居る駕籠の簾《すだれ》のかげから、真っ白な女の素足のこぼれて居るのに気がついた。鋭い彼の眼には、人間の足はその顔と同じように複雑な表情を持って映った。その女の足は、彼に取っては貴き肉の宝玉であった。拇指《おやゆび》から起って小指に終る繊細な五本の指の整い方、絵の島の海辺で獲れるうすべに色の貝にも劣らぬ爪の色合い、珠のような踵《きびす》のまる味《み》、清冽な岩間の水が絶えず足下を洗うかと疑われる皮膚の潤沢。この足こそは、やがて男の生血に肥え太り、男のむくろを蹈《ふ》みつける足であった。

この足を持つ女こそは、彼が永年《ながねん》たずねあぐんだ、女の中の女であろうと思われた。清吉は躍りたつ胸をおさえて、その人の顔が見たさに駕籠の後を追いかけたが、二三町行くと、もうその影は見えなかった。

清吉の憧れごこちが、激しき恋に変ってその年も暮れ、五年目の春も半ば老い込んだ或る日の朝であった。彼は深川佐賀町の寓居《ぐうきょ》で、房楊枝《ふさようじ》をくわえながら、錆竹《さびたけ》の濡れ縁に萬年青《おもと》の鉢を眺めて居ると、庭の裏木戸を訪《おとな》うけはいがして、袖垣のかげから、ついぞ見馴れぬ小娘が這入《はい》って来た。

それは清吉が馴染の辰巳の藝妓《はおり》から寄こされた使《つかい》の者であった。

「姐さんからこの羽織を親方へお手渡しして、何か裏地へ絵模様を画《か》いて下さるようにお頼み申せって……」

と、娘は鬱金《うこん》の風呂敷をほどいて、中から※3岩井杜若《いわいとじゃく》の似顔画※4のたとうに包まれた女羽織と、一通の手紙とを取り出した。

その手紙には羽織のことをくれぐれも頼んだ末に、使の娘は近々に私の妹分として御座敷へ出る筈故《はずゆえ》、私の事も忘れずに、この娘《こ》も引き立ててやって下さいと認《したた》めてあった。

「どうも見覚えのない顔だと思ったが、それじゃお前はこの頃此方《こっち》へ来なすったのか」

こう云って清吉は、しげしげと娘の姿を見守った。年頃は漸《ようよ》う十六か七かと思われたが、その娘の顔は、不思議にも長い月日を色里《いろざと》に暮らして、幾十人の男の魂を弄《もてあそ》んだ年増のように物凄く整って居た。それは国中の罪《つみ》と財《たから》との流れ込む都の中で、何十年の昔から生き代り死に代ったみめ麗しい多くの男女の、夢の数々から生れ出ずべき器量であった。

「お前は去年の六月ごろ、平清から駕籠で帰ったことがあろうがな」

こう訊ねながら、清吉は娘を縁へかけさせて、※5備後《びんご》表《おもて》の台に乗った巧緻な素足を仔細に眺めた。

「ええ、あの時分なら、まだお父さんが生きて居たから、平清へもたびたびまいりましたのさ」

と、娘は奇妙な質問に笑って答えた。

「丁度これで足かけ五年、己はお前を待って居た。顔を見るのは始めてだが、お前の足にはおぼえがある。——お前に見せてやりたいものがあるから、上ってゆっくり遊んで行くがいい」

と、清吉は暇を告げて帰ろうとする娘の手を取って、大川の水に臨む二階座敷へ案内した後、巻物を二本とり出して、先《ま》ずその一つを娘の前に繰り展《ひろ》げた。

それは古の暴君紂王《ちゅうおう》の寵妃《ちょうひ》、末喜《ばっき》を描いた絵であった。瑠璃《るり》珊瑚《さんご》を鏤《ちりば》めた金冠の重さに得堪えぬなよやかな体を、ぐったり勾欄に靠《もた》れて、羅綾《らりょう》の裳裾《もすそ》を階《きざはし》の中段にひるがえし、右手に大杯を傾けながら、今しも庭前に刑せられんとする犠牲《いけにえ》の男を眺めて居る妃の風情《ふぜい》と云い、鉄の鎖で四肢を銅柱へ縛《ゆ》いつけられ、最後の運命を待ち構えつつ、妃の前に頭をうなだれ、眼を閉じた男の顔色と云い、物凄い迄《まで》に巧に描かれて居た。

娘は暫くこの奇怪な絵の面《おもて》を見入って居たが、知らず識《し》らずその瞳は輝きその唇は顫《ふる》えた。怪しくもその顔はだんだんと妃の顔に似通《にかよ》って来た。娘は其処《そこ》に隠れたる真の「己《おのれ》」を見出した。

「この絵にはお前の心が映って居るぞ」

こう云って、清吉は快《こころよ》げに笑いながら、娘の顔をのぞき込んだ。

「どうしてこんな恐ろしいものを、私にお見せなさるのです」

と、娘は青褪《あおざ》めた額《ひたい》を擡《もた》げて云った。

「この絵の女はお前なのだ。この女の血がお前の体に交って居る筈だ」

と、彼は更に他の一本の画幅を展げた。

それは「肥料」と云う画題であった。画面の中央に、若い女が桜の幹へ身を倚《よ》せて、足下に累々と斃《たお》れて居る多くの男たちの屍骸《むくろ》を見つめて居る。女の身辺を舞いつつ凱歌《かちどき》をうたう小鳥の群、女の瞳に溢れたる抑え難き誇りと歓びの色。それは戦《たたかい》の跡の景色か、花園の春の景色か。それを見せられた娘は、われとわが心の底に潜んで居た何物かを、探りあてたる心地であった。

「これはお前の未来を絵に現わしたのだ。此処《ここ》に斃《たお》れて居る人達は、皆これからお前の為めに命を捨てるのだ」

こう云って、清吉は娘の顔と寸分《すんぶん》違わぬ画面の女を指さした。

「後生《ごしょう》だから、早くその絵をしまって下さい」

と、娘は誘惑を避けるが如く、画面に背《そむ》いて畳の上へ突俯《つっぷ》したが、やがて再び唇をわななかした。

「親方、白状します。私はお前さんのお察し通り、その絵の女のような性分を持って居ますのさ。――だからもう堪忍して、それを引っ込めてお呉《く》んなさい」

「そんな卑怯なことを云わずと、もっとよくこの絵を見るがいい。それを恐ろしがるのも、まあ今のうちだろうよ」

　こう云った清吉の顔には、いつもの意地の悪い笑いが漂って居た。

　然し娘の頭《つむり》は容易に上らなかった。襦袢《じゅばん》の袖に顔を蔽《おお》うていつまでも突俯したまま、

「親方、どうか私を帰しておくれ。お前さんの側に居るのは恐ろしいから」

　と、幾度か繰り返した。

「まあ待ちなさい。己がお前を立派な器量の女にしてやるから」

　と云いながら、清吉は何気なく娘の側に近寄った。彼の懐には嘗《かつ》て和蘭《オランダ》医から貰った麻睡剤の罎《びん》が忍ばせてあった。


　日はうららかに川面を射て、八畳の座敷は燃えるように照った。水面から反射する光線が、無心に眠る娘の顔や、障子の紙に金色《こんじき》の波紋を描いてふるえて居た。部屋のしきりを閉《た》て切って刺青の道具を手にした清吉は、暫くは唯恍惚《ただうっとり》としてすわって居るばかりであった。彼は今始めて女の妙相《みょうそう》をしみじみ味わう事が出来た。その動かぬ顔に相対して、十年百年この一室に静坐するとも、なお飽くことを知るまいと思われた。古のメンフィス[※6]の民が、荘厳なる埃及《エジプト》の天地を、ピラミッドとスフィンクスとで飾ったように、清吉は清浄な人間の皮膚を、自分の恋で彩《いろど》ろうとするのであった。

　やがて彼は左手の小指と無名指[※7]と拇指《おや》の間に挿んだ絵筆の穂を、娘の背にねかせ、その上から右手で針を刺して行った。若い刺青師の霊《こころ》は墨汁の中に溶けて、皮膚に滲《にじ》んだ。焼酎に交ぜて刺り込む

琉球朱《りゅうきゅうしゅ》の一滴一滴は、彼の命のしたたりであった。彼は其処に我が魂の色を見た。

いつしか午《ひる》も過ぎて、のどかな春の日は漸《ようや》く暮れかかったが、清吉の手は少しも休まず、女の眠りも破れなかった。娘の帰りの遅きを案じて迎いに出た箱屋迄が、

「あの娘《こ》ならもう疾《と》うに帰って行きましたよ」

と云われて追い返された。月が対岸の土州《としゅう》屋敷の上にかかって、夢のような光が沿岸一帯の家々の座敷に流れ込む頃には、刺青はまだ半分も出来上らず、清吉は一心に蝋燭の心《しん》を掻き立てて居た。

一点の色を注ぎ込むのも、彼に取っては容易な業《わざ》でなかった。さす針、ぬく針の度毎《たびごと》に深い吐息をついて、自分の心が刺されるように感じた。針の痕《あと》は次第次第に巨大な女郎蜘蛛《じょろうぐも》の形象《かたち》を具《そな》え始めて、再び夜がしらじらと白み初《そ》めた時分には、この不思議な魔性の動物は、八本の肢《あし》を伸ばしつつ、背一面に蟠《わだかま》った。

春の夜は、上り下りの河船《かわふね》の櫓声《ろごえ》に明け放れて、朝風を孕《はら》んで下る白帆の頂から薄らぎ初める霞の中に、中洲、箱崎、霊岸島の家々の甍《いらか》がきらめく頃、清吉は漸《ようや》く絵筆を擱《お》いて、娘の背に刺り込まれた蜘蛛のかたちを眺めて居た。その刺青こそは彼の生命のすべてであった。その仕事をなし終えた後の彼の心は空虚《うつろ》であった。

二つの人影はそのまま稍々《やや》暫く動かなかった。そうして、低く、かすれた声が部屋の四壁にふるえて聞えた。

「己はお前をほんとうの美しい女にする為《た》めに、刺青の中へ己の魂をうち込んだのだ、もう今から

は日本国中に、お前に優《まさ》る女は居ない。お前はもう今迄のような臆病な心は持って居ないのだ。男と云う男は、皆なお前の肥料《こやし》になるのだ。………」

その言葉が通じたか、かすかに、糸のような呻き声が女の唇にのぼった。娘は次第々々に知覚を恢《かい》復《ふく》して来た。重く引き入れては、重く引き出す肩息に、蜘蛛の肢は生けるが如く蠕動《ぜんどう》した。

「苦しかろう。体を蜘蛛が抱きしめて居るのだから」

こう云われて娘は細く無意味な眼を開いた。その瞳は夕月の光を増すように、だんだんと輝いて男の顔に照った。

「親方、早く私に背《せなか》の刺青を見せておくれ、お前さんの命を貰った代りに、私はさぞ美しくなったろうねえ」

娘の言葉は夢のようであったが、しかしその調子には何処か鋭い力がこもって居た。

「まあ、これから湯殿へ行って色上げをするのだ。苦しかろうがちッと我慢をしな」

と、清吉は耳元へ口を寄せて、労《いた》わるように囁《ささや》いた。

「美しくさえなるのなら、どんなにでも辛抱して見せましょうよ」

と、娘は身内《みうち》の痛みを抑えて、強いて微笑《ほほえ》んだ。

「ああ、湯が滲《し》みて苦しいこと。………親方、後生だから私を打《う》っ捨《ちゃ》って、二階へ行って待って居てお呉れ、私はこんな悲惨《みじめ》な態《ざま》を男に見られるのが口惜《くや》しいから」

娘は湯上りの体を拭いもあえず、いたわる清吉の手をつきのけて、激しい苦痛に流しの板の間へ身を投げたまま、魘《うな》される如くに呻いた。気狂《きちがい》じみた髪が悩ましげにその頬へ乱れた。女の背後には鏡台が立てかけてあった。真っ白な足の裏が二つ、その面へ映って居た。

昨日とは打って変った女の態度に、清吉は一《ひ》と方《かた》ならず驚いたが、云われるままに独り二階に待って居ると、凡《およ》そ半時ばかり経《た》って、女は洗い髪を両肩へすべらせ、身じまいを整えて上って来た。そうして苦痛《くるしみ》のかげもとまらぬ晴れやかな眉を張って、欄干に靠《もた》れながらおぼろにかすむ大空を仰いだ。

「この絵は刺青と一緒にお前にやるから、それを持ってもう帰るがいい」

こう云って清吉は巻物を女の前にさし置いた。

「親方、私はもう今迄のような臆病な心を、さらりと捨ててしまいました。——お前さんは真先に私の肥料《こやし》になったんだねえ」

と、女は剣《つるぎ》のような瞳を輝かした。その耳には凱歌の声がひびいて居た。

「帰る前にもう一遍、その刺青を見せてくれ」

清吉はこう云った。

女は黙って領《うなず》いて肌を脱いだ。折から朝日が刺青の面《おもて》にさして、女の背《せなか》は燦爛《さんらん》とした。

※1 絹織物の一種。 ※2「死に際」の意。 ※3 歌舞伎役者五世岩井半四郎。毒婦の役を得意とした名女形。 ※4 主に和服を包むのに使う丈夫な紙。 ※5 上質な畳表を使った草履。 ※6 古代エジプトの都市。 ※7 薬指のこと。

キャラクターファイル ――

文豪読み解きミニ事典

―― 〔谷崎潤一郎〕

直筆原稿

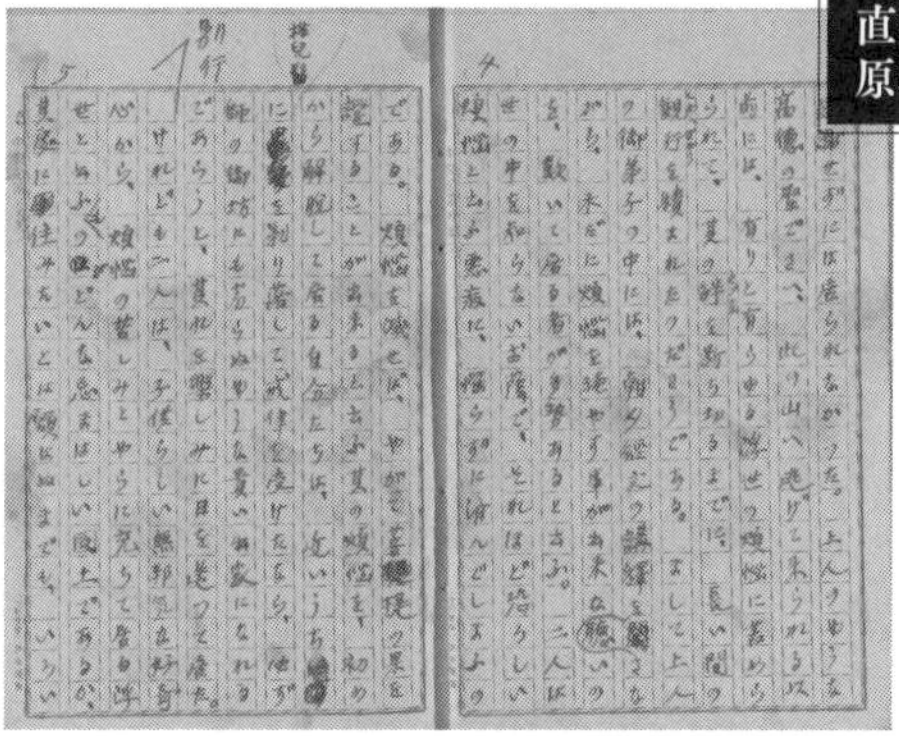

「二人の稚児」

『中央公論』大正7（1918）年4月号に掲載された作品。比叡山で兄弟のように育った瑠璃光丸と千手丸は、年ごろになると女性を見てみたいという煩悩に悩まされる。人間の善と悪、禁欲と快楽について描かれている（国立国会図書館所蔵）

生の声

デビュー当時の心境・状況

〔谷崎は同人誌・第2次『新思潮』を立ち上げたものの創刊号の発売禁止など資金難が続き、金策に追われながら、創作を続けていた（結局この後、第二次『新思潮』は廃刊となった）〕

1911（明治44）年3月24日　大貫雪之助宛　封書（至急）

〔前略〕小生も新思潮の事やら箱根の事やらいろいろと不《ふ》如意《にょい》なる話ばかりにて昨今は泣きたくなり申候《もうしそうろう》。君が伊豆山へ御出立の前に新思潮三月号は又しても発売禁止（或は発行停止）の厄に会い、もはや到底立ちゆかぬ始末と成《な》り居候《おりそうろう》。〔中略〕かくなる上は岡本氏に財政上の助力を頼むも無益と存じ、関係を絶ちて帰宅 仕《つかまつ》り、更に木村と相談の上、兎《と》に角《かく》今月の末までに一同寄り会いて相成《あいな》り申候。財政上の始末をつけねばならぬ事と相成《あいな》り申候。財政上の始末をつけねばならぬ事と御承知の如く（アタマが悪くなつているだろうが、よく注意して読んで貰いたい）新思潮の負債三百のうち二百だけは小生調達致したれども残り百だけは皆々応分に出金して一時なりとも木村を扶《たす》けねば義理かなわず活版屋の方も今月末には是非とも支払わねば相成《あいな》らぬ仕儀《しぎ》に有。〔中略〕金のことは手紙では詳細に申上《もうしあ》げられない、この外にまだいろいろのむつかしい大事な問題があるのです、御気の毒ながら是非共この願《ねがい》をきいて出て来て下さい。

同人一同に代りて

谷崎潤一郎

トピック❶ 谷崎潤一郎の母

谷崎潤一郎文学の特徴のひとつ「女性崇拝」の起源となったのは、その美しい母・関であったという。谷崎潤一郎の祖父で印刷所を経営し一代で財を成した谷崎久右衛門の三姉妹の三女で、3人の中でも最も美しく、現在でいうブロマイド、錦絵になるほどの美人だった。

潤一郎は「女の顔」という小文の中にこう書いている。

「私は空想の中で屡《しばしば》 亡くなった母の姿を浮かべます。それも臨終の際の姿ではなく、いつどんな時の顔だか知れないが、多分私が七つか八つの子供だった頃の若い美しい（私の母は美しい女でした）母の顔を浮かべます。それが私に一番崇高な感じがします」

トピック❷ 谷崎淳一郎の女性遍歴

谷崎潤一郎の初恋は、中学生の時。谷崎が住み込みの家庭教師をしていた築地精養軒で手伝いをしていた福子に恋心を覚え、ふたりは恋をはぐくむ。この件が精養軒の主人北村に露見すると、福子は実家に返され、谷崎は家庭教師を首になる。

その様子は「羹《あつもの》」という作品に描かれ、この作品に登場する美代子のモデルが福子だという。

１９１４（大正３）年ごろ、すでに作家となっていた谷崎は向島の芸者お初に入れあげ、結婚してくれと迫るも、お初には夫がいたため、妹を薦められる。それが谷崎と結婚する石川千代だった。

１９１５（大正４）年、谷崎は29歳の時に、20歳の千代と結婚。ところが、谷崎の予想に反し、千代が家庭的な女性だったために、谷崎は千代に飽き、その妹・石川せい子（当時14歳）を好きになり、光源氏のようにせい子を育てようと考える。

１９１７（大正６）年、母・関が死去すると、谷崎は妻子を自分の実家に追いやり、せい子と同棲を始めるが、しばらくするとせい子は谷崎の元から逃げ出し、浅草で芸者になる。このせい子が谷崎の『痴人の愛』の主人公ナオミのモデルである。

ちょうどその頃、佐藤春夫が谷崎家に出入りするようになり、谷崎と佐藤春夫は親友といっていい間柄となるが、佐藤は谷崎の妻に同情を覚え、それがやがて恋心に発展する。そして、谷崎は佐藤に対し、妻の千代をくれてやってもいいと告げる。だが、いざ、千代が佐藤のもとに嫁ぐと決意すると、今度はやらないと言うなど、この３人の間で数年にわたる闘争が勃発する。世にいう「小田原事件」である。その後、１９２６年（昭和元）年に谷崎と佐藤は和解し、１９３０年（昭和５）年、ようやく千代は佐藤の妻となる。

１９３１（昭和６）年、谷崎は文芸春秋社の記者で20歳年下の古川丁未子《とみこ》と結婚するが、翌１９３２（昭和７）年、兵庫県武庫郡魚崎町横屋（現・神戸市東灘区）に転居し、隣家の根津松子と不倫を始める。１９３４（昭和９）年、丁未子と離婚、１９３５（昭和10）年、夫と離婚した松子と結婚する。翌年、ふたりは兵庫県武庫郡住吉（現在の兵庫県神戸市東灘区）の「倚松庵」に、松子の姉妹とともに移り住んだ。ここでの生活が谷崎の小説『細雪』を生むことになるのである。

トピック❸ 親友でパトロンの源ちゃん

裕福な子ども時代を送った谷崎潤一郎だったが、父親が事業に失敗し、中学生の時には進学も難しくなる。そんな時に高校へ進学する資金を援助してくれたのが幼なじみの源ちゃんこと笹沼源之助だった。笹沼の家は、谷崎の生家の近所の茅場町にあった偕楽園という日本で唯一の中華料理店で、谷崎が入った阪本小学校で同級生になって以来の親友だった。大学時代に授業料の使い込みをしたときに後始末をしたのも、谷崎のデビュー作を掲載した同人誌『新思潮』への資金援助を行ってくれたのも、さらに谷崎が文壇にデビューしたあとに宴会に着ていくための紋付き袴を貸してくれたのも、最初の結婚のきっかけとなる向島での芸者遊びの資金を出してくれたのも源ちゃんだった。源ちゃんは親友というだけでなく、谷崎のパトロンだった。

偕楽園は1945（昭和20）年の空襲で焼失するが、源ちゃんは谷崎が関西に移住してからもよき相談相手であり、支援者だった。

聖地巡礼❶ 芦屋市谷崎潤一郎記念館

兵庫県芦屋市が運営する谷崎潤一郎の記念館。谷崎に関する資料の保存と公開、およびその業績の顕彰を目的に1988（昭和63）年に開館した。遺族寄贈の谷崎愛用の机、硯、筆、美術品などの資料を収蔵展示している。

アクセス 兵庫県芦屋市伊勢町12－15
https://www.tanizakikan.com/

聖地巡礼❷ 『細雪』の舞台となった倚松庵

谷崎淳一郎が1936年（昭和11）年11月から43（昭和18）年11月まで実際に居住した家を南に約150m移築したもの。妻の松子やその妹たちと暮らし、それをモデルに小説『細雪』を書き上げた。倚松庵の松は、松子に由来し、「松に倚《よ》る」（松に頼るの意）という意味。

小説『細雪』は大阪船場の商家を舞台に四姉妹の日常を描いた作品。1943（昭和18）年、「中央公論」に連載されたが、軍部の命令で連載中止になるも、翌年私家版として発刊。1947年には中巻、1948年には下巻をそれぞれ中央公論社から刊行している。

倚松庵（photolibrary）

アクセス　兵庫県神戸市東灘区住吉東町1－6－50
https://www.city.kobe.lg.jp/a31937/kanko/bunka/bunkashisetsu/ishoan/

聖地巡礼❸　谷崎潤一郎生誕の地

1886（明治19）年7月24日、谷崎潤一郎は、東京市日本橋区蛎殻町2－14（現在の東京都中央区人形町1－7）で祖父が経営する印刷所の長男として生まれた。父は婿養子で倉五郎といった。父は米の仲買店を経営していたが、潤一郎が10歳の頃には没落し、実家や兄弟からの援助で細々と暮らしていた。祖父の印刷所があった地に立つビルの壁には「谷崎潤一郎生誕の地」の石板プレートが埋め込まれている。文字は松子夫人の書。

アクセス　東京都中央区人形町1－7

聖地巡礼❹　谷崎潤一郎の墓所

1965（昭和40）年7月30日、谷崎は前年に移住した神奈川県湯河原死の新居「湘碧山房」で、腎不全と心不全を併発して死去。享年79。8月に東京・青山葬儀所で葬儀が行われ、京都市左京区鹿ヶ谷の法然院に納骨された。法然院は浄土真宗の寺院で、谷崎の墓は、亡くなる2年前に谷崎自身によって建てられた。高さ70cmほどの鞍馬石の墓が2つあり、「寂」と書かれたほうには谷崎と妻の松子が納められている。もう一方の墓には「空」と書かれ、松子の妹重子夫妻が納められている。

法然院にある谷崎潤一郎の墓石

　また百日法要の際に分骨され、両親が眠る東京・巣鴨の慈眼寺の墓に分骨された。くしくも慈眼寺の墓は、谷崎が文学論争を繰り広げた芥川龍之介の墓や、仲が悪かったとされる弟精二の墓にも近接している。

　なお、谷崎の命日である7月30日は、谷崎忌や潤一郎忌と呼ばれている。

アクセス 法然院
京都府京都市左京区鹿ケ谷御所ノ段町30番地

アクセス 慈眼寺
東京都豊島区巣鴨5丁目35－33　染井霊園

7人の文豪略年表

西暦	元号	7人の文豪関連	社会情勢
1886年	明治19	谷崎潤一郎、生まれる。	帝国大学令が公布される。
1892年	明治25	芥川龍之介、生まれる。	第2次伊藤内閣成立。
1894年	明治27	江戸川乱歩、生まれる。	日清戦争、開戦。
1906年	明治39	坂口安吾、生まれる。	鉄道国有法が成立する。
1908年	明治41	谷崎潤一郎、東京帝国大学に入学。	赤旗事件が起き社会主義者14名が逮捕される。翌月西園寺内閣が総辞職。
1909年	明治42	中島敦、生まれる。 太宰治、生まれる。	伊藤博文暗殺。
1910年	明治43	谷崎潤一郎、第2次『新思潮』に「刺青」を発表。	大逆事件により、幸徳秋水ら全国の社会主義者が逮捕・拘禁される。 日韓併合条約調印。
1912年	明治45（大正1）	江戸川乱歩、早稲田大学に入学。	中華民国が成立。 7月に明治天皇崩御、大正に改元。

1913年	大正2	芥川龍之介、東京帝国大学に入学。 織田作之助、生まれる。	東北帝国大学に3名の女性が入学し、帝国大学初の女子学生が誕生。
1914年	大正3	芥川龍之介、第3次『新思潮』に、「老年」を発表。	第1次世界大戦、開戦。
1915年	大正4	芥川龍之介、『帝国文学』に、「羅生門」を発表。	第1回全国中等学校優勝野球大会が開催される。
1916年	大正5	谷崎潤一郎、石川千代と結婚。 芥川龍之介、『新思潮』に「鼻」を発表。漱石に絶賛される。	アインシュタインが一般相対性理論を発表。
1918年	大正7	芥川龍之介、塚本文と結婚。	米価の高騰により米騒動が勃発。この影響を受けて寺内内閣が退陣し、平民宰相と呼ばれた原敬が首相に。
1919年	大正8	江戸川乱歩、村山隆子と結婚。	前年終戦した第一次世界大戦の和平のため、連合国とドイツの間でベルサイユ条約が結ばれる。
1921年	大正10	谷崎潤一郎、佐藤春夫と絶縁する（小田原事件）。	原敬首相が暗殺される。 四か国条約調印され、これにより日英同盟が解消される。

西暦	元号	7人の文豪関連	社会情勢
1923年	大正12	江戸川乱歩、『新青年』に「二銭銅貨」を発表。	関東大震災。
1925年	大正14	江戸川乱歩、明智小五郎が初登場になる「D坂の殺人事件」を発表する。	山手線が環状運転開始。
1926年	大正15（昭和1）	坂口安吾、東洋大学に入学。	12月に大正天皇崩御、昭和に改元。
1927年	昭和2	芥川龍之介、『改造』の連載「文芸的な、余りに文芸的な」で谷崎潤一郎と論争を繰り広げる。 芥川龍之介、自殺。享年35。 坂口安吾、神経衰弱に。	昭和金融恐慌が勃発、日本各地で取付け騒ぎが起きる
1929年	昭和4	太宰治、自殺未遂事件を起こす。	アメリカの株価暴落をきっかけに世界恐慌が勃発。
1930年	昭和5	中島敦、東京帝国大学に入学。 太宰治、東京帝国大学に入学。11月に田部シメ子と心中未遂（田部は死亡）。 谷崎潤一郎、妻・千代と離婚し、佐藤春夫に譲り渡す細君譲渡事件が話題に。	ロンドン海軍軍縮会議、米英日3国で軍備制限条約締結。

1931年	昭和6	坂口安吾、『言葉』に「木枯の酒倉から」を発表。『青い馬』に「風博士」を発表。 織田作之助、第三高等学校に入学。 谷崎潤一郎、古川丁未子と二度目の結婚。	満州事変勃発。
1933年	昭和8	太宰治、『東奥日報日曜版』に「列車」を発表。 中島敦、橋本タカと結婚。	日本、国際連盟を脱退。
1934年	昭和9	谷崎潤一郎、古川丁未子と離婚。	ワシントン条約が破棄され、各国で軍艦建造の競争が進む。
1935年	昭和10	太宰治、「逆行」が第1回芥川賞候補になるも落選。 谷崎潤一郎、森田松子と三度目の結婚。	日本ペンクラブ発足。
1936年	昭和11	江戸川乱歩、『少年倶楽部』に少年向け作品である「怪人二十面相」の連載を開始。 織田作之助、第三高等学校を退学。	二・二六事件、勃発
1938年	昭和13	織田作之助、『海風』に「雨」を発表。	国家総動員法が施行される。
1939年	昭和14	太宰治、石原美知子と結婚。 織田作之助、宮田一枝と結婚。	満州国とモンゴルの国境をめぐって日本軍とソ連軍が対立するノモンハン事件が勃発。 第2次世界大戦、開戦。

西暦	元号	7人の文豪関連	社会情勢
1940年	昭和15	織田作之助、「俗臭」が芥川賞候補になるも落選。『海風』に「夫婦善哉」を発表。	大政翼賛会誕生。
1941年	昭和16	織田作之助、『青春の逆説』を発表するも発禁処分に。 中島敦、喘息が悪化したため、療養を目的に南洋庁へ就職しパラオ島へ行く。	太平洋戦争、開戦される。
1942年	昭和17	中島敦、『文學界』に「山月記」と「文字禍」を発表。その後日本に帰国するも、病死。享年33。	ミッドウェー海戦で、日本軍がアメリカ軍に敗北。
1943年	昭和18	谷崎潤一郎、『中央公論』に婦人の松子とその姉妹をモデルにした小説『細雪』の連載を開始。連載途中で軍部に止められるも、1948年に完結させ、「毎日出版文化賞」と「朝日文化賞」を受賞する。	日本本土への空襲が始まる。
1945年	昭和20		第2次世界大戦、終戦。

1946年	昭和21	坂口安吾、『新潮』に「堕落論」「白痴」を発表。 織田作之助、笹田和子と再婚（宮田一枝は2年前に病死）。	日本国憲法が公布される。
1947年	昭和22	織田作之助、病死。享年33。 太宰治、『斜陽』を発表。たちまちベストセラーに。 江戸川乱歩、日本推理作家協会の前身となる探作家クラブを結成する。	教育基本法・学校教育法・労働基準法が公布される。
1948年	昭和23	太宰治、玉川で愛人の山崎富栄と心中し死亡。享年38。	東京裁判結審。
1955年	昭和30	坂口安吾、病死。享年48。	自由民主党と日本社会党の二大政党制始まる。
1965年	昭和49	江戸川乱歩、病死。享年72。 谷崎潤一郎、病死。享年79。	アメリカ軍による北ベトナム爆撃（北爆）開始。 佐藤栄作、総理大臣として戦後初めて沖縄県を訪問。

【底本一覧】

「老年」「鼻」……筑摩書房　ちくま文庫『芥川龍之介全集1』

「列車」「逆行」……新潮社　新潮文庫『晩年』

「雨」……集英社『日本文学全集72　織田作之助　井上友一郎集』

「木枯の酒倉から」……講談社『坂口安吾選集　第一巻　小説1』

「山月記」……新潮社　新潮文庫『李陵・山月記』

「文字禍」……筑摩書房　ちくま文庫『ちくま日本文学全集　中島敦』

「二銭銅貨」……光文社　光文社文庫『江戸川乱歩全集　第1巻　屋根裏の散歩者』

「刺青」……中央公論新社　『谷崎潤一郎全集　第一巻』

［カバー・本文イラストレーション］
げみ

［デザイン］
野網雄太

［編集協力・執筆］
有限会社マイストリート
（高見澤秀／豊岡昭彦／岡田勘一／柿崎憲）

［本文DTP］
株式会社明昌堂

［写真］
国立国会図書館 ／ 田端文士村記念館 ／
日本近代文学館 ／ 大阪府立中之島図書館／
新潟市役所文化スポーツ部文化政策課 ／
神奈川県近代文学館 ／
立教大学江戸川乱歩記念大衆文化研究センター ／
アフロ ／ photolibrary ／ PIXTA ／ 写真AC

文豪誕生

2021年2月28日　初版発行

著　者　芥川龍之介、太宰治、織田作之助、坂口安吾、
中島敦、江戸川乱歩、谷崎潤一郎

発行者　福本皇祐
発行所　株式会社新紀元社
〒101-0054
東京都千代田区神田錦町1-7 錦町一丁目ビル2F
TEL：03-3219-0921　FAX：03-3219-0922
http://www.shinkigensha.co.jp/
郵便振替 00110-4-27618

印　刷　中央精版印刷株式会社

ISBN978-4-7753-1904-8
定価はカバーに表示してあります。
Printed in Japan